课外作业代写公司

KEWAI ZUOYE DAIXIE GONGSI

[日] 古田足日 著
[日] NAGANO HIDEKO 绘
草莓山坡 译

接力出版社
Publishing House

目 录

儿童文学:一种人生的大智慧

朱自强

中国海洋大学文学院教授 博士生导师
儿童文学研究所所长

对于我来说,日本儿童文学作家古田足日的长篇小说《课外作业代写公司》是一部熟悉而又感到亲切的作品。

十八年前,我受教育部派遣,第一次去日本留学。有感于国内儿童文学研究的局限,我选定的研究课题是儿童文学。他山之石,可以攻玉,是我作这一选择的重要原因。到日本不久,恰逢日本儿童文学学会的研讨会在我所留学的东京学艺大学举行,在大会上,我经中国儿童文学研究专家河野孝之先生介绍,得以与古田足日先生结识。在东京留学期间,在我所参与的日中儿童文学交流中心的筹备会、任大霖先生和古田足日先生讲演会等场合,我多次与古田足日先生见面。1988 年 4 月 10日,我还和在日本留学的著名儿童文学作家彭懿一起,应邀到位于东京久留米的古田先生家做客，度过了难忘的一天。

古田足日先生不仅是一位著名的作家，而且还是对战后日本儿童文学的发展具有重大影响的批评家。他的《再见吧，未明》、《近代童话的崩溃》、《〈蜘蛛之丝〉是名作吗?》等评论颠覆日本近代儿童文学的传统，呼唤日本儿童文学要表现具有行动活力的儿童，成为战后日本儿童文学研究的重要文献。对于正在探求自身的儿童文学观的我来说，古田足日先生的创作和评论，都成为我吸收滋养的资源。

《课外作业代写公司》最初是以《前进！我们的海盗旗》为题，于1964年1月至1965年2月在《教育研究》杂志上连载，1966年改为现在的题目，由理论社出版单行本，1967年获日本儿童文学者协会奖。

在我眼里，这部作品是20世纪60年代日本儿童文学的重要收获之一。1992年，希望出版社出版《世界儿童文学事典》时，我负责拟定、撰写日本儿童文学的这部分词条，就将《课外作业代写公司》（当时，我把书名译为《作业承包股份公司》）收入了该辞典。时隔十三年，重读这部作品，想到今天中国的孩子的童年生态被破坏的程度，比之四十年前古田先生描写的日本儿童，有过之而无不及，深感这是深刻触及社会和教育问题的前瞻之作。

在撰写这篇序文时，我将译文与我家里的日文原作（理论社 1973 年爱藏版初版 1980 年 6 月第 41 次印刷本）进行了比照。我发现译者所依照的版本与最早的版本相比，作了很多修改。特别是第二章《过去、现在和未来》改动甚大。《现在也野蛮》、《"过家家的痕迹"》、《美津惠的大发现》、《野蛮是什么? 未来是什么?》这些小节标题都是我手里的版本所没有的。一处最重要的小节标题的改动，是《报春鸟》变成了《花忍者》，其内容上的改动，是把宇野浩二的故事《报春鸟》换成了新的故事《花忍者》。

我感到，这一改动意味深长。日本有句谚语，"饭团子比花儿实惠"，表现和主张的是功利主义的人生观。《花忍者》里的少年佐平不喜欢能赚到钱钞、换取物品的忍者的工作，宁肯与花为伴，也不愿为成为忍者去修行，终于为花而死，成了"花忍者"。与宇野浩二的《报春鸟》这一故事相比，《花忍者》显然在揭露、批判日本的应试教育体制方面，更具有针对性和象征、隐喻的功能。佐平的命运是应试教育体制下的儿童们的命运的写照。顺应试教育体制者"昌"，逆应试教育体制者亡。我在"昌"字上加了引号，意指顺应应试教育体制者还是面临着"死亡"——自由、超越精神的死亡。

古田足日先生在理论社 1973 年爱藏版初版本的《新装本后记》中写道："我在阅读这个新装本的校样时心

想：教育是什么？儿童的成长是什么？其评价体系又是什么？我要重新思考这些问题。"我想，《报春鸟》变成了《花忍者》这一改动，肯定是作家重新思考教育的本质、儿童成长的本质等问题的一个结晶。作家持续不断地思索，把对这些问题的追问，在修改的作品中进一步引向了深入。古田足日先生以儿童文学作品探究、处理人类社会的重大问题的思想力，以及对儿童文学创作全力以赴、不断打磨、精益求精的姿态，令我真想脱帽致敬。

在古田足日先生家做客的那天，先生送给我好多种他的大作。其中既有后来我所翻译的批判现代文明的幻想小说《蛇山的爱子》，也有先生的讲演文集《重新审视看待儿童的目光》。"我们一直认为儿童的生活就是上学读书，放学以后，则做游戏、学习、帮家里干活。在我是孩子的时候，大人们常说'好好学习，好好游戏'这句话，儿童自身也认为孩子就该是这样的。"讲演文集中的这句话，我在谈论童年问题、批判应试教育对童年生态的破坏时，曾经多次引用。细想起来，这次我欣然答应为《课外作业代写公司》的中译本作序，并且重读这部作品，又何尝不是借他人酒杯，浇自己心中块垒的又一次"引用"。

第一次读日文本《课外作业代写公司》时，我的孩子还不到四岁。如今，儿子已经长大成人。小说中阿毅

他们对应试教育的怀疑、反抗，对人性真义的探寻，我的儿子都一一经历过。值得庆幸的是，我最终无条件地支持了儿子对应试教育的叛逆，把"取消考试和课外作业"这一阿毅们的理想，变成了儿子的现实。我很难量化地说，我从《课外作业代写公司》中汲取过多少智慧，但是，我的确可以依据自身的经验证明，这是一部真正关爱孩子，写给孩子的书。

当然，这也是一部所有关怀孩子的成长，渴望为孩子打造幸福人生的家长、老师都应该悉心阅读的书。阅读这本书，对大人的人生智慧是一场考验，也是一次提升。

是的，儿童文学本来就是蕴涵着人生大智慧的一种大写的文学！

引 子

即使你讨厌胡萝卜，

你还是非吃不可。

即使你讨厌课外作业，

你还是非做不可。

为什么世界上会有课外作业呢？

胡萝卜跟课外作业到底有哪些区别呢？

第一章　课外作业代写公司

1. 最新消息

故事还是先从课外作业代写公司说起吧。

这家公司，正如其名，是一家为学生代写课外作业的公司。

比方说吧，老师布置了这么一道课外作业题，内容是画出日本江户时代的交通地图。很显然，亲自去调查、描图太麻烦，这时，只需委托给这家公司就万事大吉了。到傍晚时分，地图肯定会准时送达。

因此，只要把课外作业委托给了这家公司，当母亲催促说：

"今天有课外作业吗？做完了吗？"

"噢，噢，做完了。"

可以回答得很干脆，尽可痛痛快快地看一通电视。

你兴许会问：这么方便的公司，世上真的会有吗？

有的。答案是肯定的。

它就是由樱花市樱花小学五年级三班的同学创建的。（这里的学校用的是化名。要是把真名说出来，若是给学校的老师或是PTA①里的大人物知道了，公司里的同学

---

① 英文 Parent‐Teacher Association 缩写，意为家长—教师联络会。

会马上挨训的。）公司里的社长是孩子，成员也是孩子。

让我们到社长那儿去采访一下吧。

公司所在的地址，是樱花之丘公寓六号楼 408 室。爬上四楼，往右边一拐的房间就是。

公司没有挂出课外作业代写公司这样的招牌，而是挂了一块名为村山正夫的门牌。

"要是挂出公司的招牌，准会挨老妈一顿臭骂。说白了，我们不就是集中在一起学习功课嘛！"村山社长解释道。

社长是一位眼睛滴溜溜转、脸盘大大圆圆的少年，是门牌上出现的村山正夫家的长子，名字叫阿毅。父母亲是双职工，这位社长每天都把钥匙挂在脖子上去上学。

"这家公司啊，是咱们五三班的同学创立的，但不是所有同学都参加进来了。公司的成员除我之外还有五个人，其中有两位现在已经去图书馆了。我来介绍一下留下来的三位吧。"

于是，坐在桌边的三位里，个子最小的一位精神饱满地站了起来。

"我是村山文男。是公司的见习职员。"

"他是我弟弟。本公司里唯一一位四年级学生。"

接下来，一位长发披肩、苗条可人的女生微笑着，彬彬有礼地致意。

"这位是丘美津惠。公司的智囊，核心成员。"

据介绍，丘美津惠的工作就是去取类似"帮我做作业"的订单。

"请多关照。"

丘美津惠坐下后，一位行动敏捷的少年站起身来。他个头不高，顶多比文男略高一点。

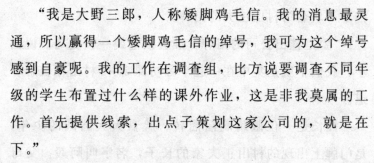

"我是大野三郎，人称矮脚鸡毛信。我的消息最灵通，所以赢得一个矮脚鸡毛信的绰号，我可为这个绰号感到自豪呢。我的工作在调查组，比方说要调查不同年级的学生布置过什么样的课外作业，这是非我莫属的工作。首先提供线索，出点子策划这家公司的，就是在下。"

那么，三郎到底提供了什么新闻线索，又是为什么想到要创建课外作业代写公司的呢？

那是一个月前的事。

那一天，在阿毅家中，良宏跟明子赶了过来，他们要在一起练习忍术。

提起忍术练习，那可是了不得。现在三人正在进行的，便是忍术初级中的一小节：闭气。

阿毅的脸已经憋得红彤彤的。

明子和良宏盯着时钟。

"四十五秒，四十六秒……五十秒。"

到了五十五秒时，阿毅终于噗的一声长呼了一口气。

"哎呀，真难受。"

"才五十五秒，有点差劲呀!"明子说道。

"是呀。首先得向一分钟的纪录看齐。该我来了。"良宏接口道。

"那我们两个一起来吧。忍者一般都是两个人一起行动的。一、二、三!"

两个男孩同时屏住了呼吸。

明子斜眼望着闹钟的秒针。

滴答、滴答、滴答……

秒针的走动声，烦人地敲着明子的耳鼓。

——是呀，时间过得真快呀!

明子蓦地想起了什么。时光匆匆流逝，玩这种游戏，她觉得有些对不起妈妈。

明子没有父亲。母亲是做家政的，大哥已经在公司上班了，二哥是布匹店的雇员，他晚上还要去非全日制高中上课。

"明子，你脑子灵活，我们会一直把你供到上大学。你呀，最好变得跟居里夫人那样。"

两位兄长时常这样念叨。

连上中学二年级的姐姐也鼓励说：

"明子只管学习就可以了。厨房里的活，我来干。"

明子的学习成绩确实非常优秀。只有一门功课是 4 分，其余全部都是 5 分。她每周上两次私塾，在私塾里的考试成绩，比小学六年级学生还出色。

"明子啊，你要是将来想上东京大学，还要再加油啊。"

哥哥们常这样对她说。

因此，明子觉得跟阿毅他们一起玩忍术初级的游戏有些对不住母亲跟哥哥。

——学校阅览室里的书要是再多一点就好啦，那样，就用不着在这块小地方磨蹭了。

明子心里想着。她的脑海里浮现出吉田他们的面孔来，他们曾经在走廊上吧嗒吧嗒奔跑，还超过了明子。

昨天，老师布置了这样一道课外作业：列举出五种日本重要的进口物资，并查清楚进口国的国名。课本里

也写了一点，但没那么详细。

布置作业的石川老师这样说：

"阅览室里的《少年年鉴》跟《学习图鉴》里都写有资料的。"

于是下课后，明子跟美津惠结伴而行，赶往阅览室。吉田他们一行三人跑着超过了她们俩。

吉田他们甚至超过了走在明子前面的阿毅和良宏。

"那小子怎么啦？猴急猴急的，阅览室又不会长脚逃跑。"

阿毅望着明子她们，笑了起来。

可是，阿毅他们完全没有料到的是，阅览室是没有长脚，可是图书室里的图书册数是有限的。

图书室的老师这样告诉阿毅跟明子他们：

"最后一本《学习图鉴》，刚刚给借走了，你们得等到有人把书还回来。"

"耶，这世界竞争真激烈啊！"

阿毅心有不甘地感叹着。其实，他的表情很轻松地表明，没有也无所谓嘛。

"我们可以解释，没有年鉴，做不成作业了。这样也不赖嘛。是不是啊，美津惠？"

"不过，课外作业最好还是要做的。我想起来了，我姐姐有一本成人版的年鉴。说好大家在哪里等，我马上就去拿过来。"

因此，美津惠就回家取年鉴去了。剩下的三个人在阿毅家里等着美津惠。

可一门心思等人也太乏味了，于是他们开始了初级忍术练习，练起了闭气。

"呼，呼，呼……啊——真难受啊！"

良宏吐着长气，继而，阿毅也大口呼着气。

"良宏五十六秒，阿毅五十七秒。"

"有希望了，差一丁点儿就打破一分钟的纪录了。"

阿毅兴高采烈地说道。

良宏舒畅地躺在地板上。门铃丁零零地响了起来。

"是美津惠吧。"

阿毅跳起身来，打开了大门。

"新闻，新闻，特大新闻。这可是新鲜出炉、烫手的新闻哪！"

候在门外边喘着粗气边说话的，是矮脚鸡毛信。看样子，他好像是一口气跑完四层楼的楼梯。

2. 好高的签约金！

"什么？什么？是什么新闻？"

"等一下吧。等大伙都到齐了再说。"

三郎卖着关子，其实他恨不得立刻把那个新闻告诉大家。

一跨进兼做餐厅的厨房，明子他们都在，三郎就嚷了起来：

"阿照哥哥终于成为职业棒球队的队员了，他的签约金是一千万日元！"

"一千万哪?!"

阿毅、良宏跟明子的眼睛都瞪得像灯笼，惊得半天吐不出一句话来。

门铃又响了。

"阿毅，年鉴拿来了。"

"还谈什么年鉴。是一千万哪，一千万！"

良宏大声吼叫起来。

美津惠满脸狐疑地走了进来。

"怎么啦，大家怎么啦？人模鬼样的。"

　　"可不得了啦，阿照哥哥以一千万日元的身价签约日本棒球队了。"

　　"嗬，阿照哥哥啊？太刺激了！"

　　美津惠一下子瘫坐在座椅上。

　　"真让人眼红死了。我姐姐今年大学毕业，找到的工作，月薪不过才两万五千日元哪！"

　　"还有哇，阿照哥哥从小学起就玩棒球，根本不学习的。"

　　明子慨叹不已。

　　阿照在小学时，是现在上非全日制高中的明子二哥的同班同学。他打棒球从那时起就特别出色，做过投球手，也做过击球手。可是学习却一塌糊涂，听说时常挨老师处罚。

　　进入私立八重樱学园的阿照，在中学时是四垒击球手。在市内以及省级的棒球赛中，八重樱学园能够一枝独秀、夺得头筹，全是仗着阿照的本垒打。

　　阿照在高中也是四垒击球手，两次在日本最著名的甲子园亮相。其中有一次，在第九局比赛的前半局，打出一记扭转乾坤的本垒打，以突出的表现，开始引起职业棒球队教练们的注意。

　　"喂，阿毅，我们也玩棒球吧。咱也挣它个一千万。"

　　良宏兴奋异常，他站起身来，做出一个投球的姿势。

　　"拉倒吧。不是什么人都能成为一千万的签约棒球手的。阿照正好具备那样的素质。别扯远了，做作业，做作业！"

　　美津惠把年鉴放在桌子上。

　　明子软绵绵地说：

　　"我可真没有心思做作业了。你想一想，拼命努力了一个月才挣两万五千日元；而只需玩玩棒球，竟能挣一千万日元。用功学习看起来就像傻瓜似的。"

　　"我也一样。唉，真想出生在战国时代（日本的'战国时代'）呀！那样我就可以当忍者，于百万军中取敌将首级，领一大笔赏金。"阿毅长吁短叹起来，"再说，要是在战国时代，就用不着做作业了。"

　　"别胡思乱想了。现在可不是战国时代。到底做不做作业啊？"

　　美津惠个子高挑，在全班也是第三高的，她俯视群雄一般追问道。

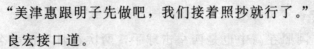

"美津惠跟明子先做吧，我们接着照抄就行了。"

良宏接口道。

这时，矮脚鸡毛信两眼光芒四射，欢叫起来：

"有了！我有一个想法，挣不了一千万日元，挣个五百万日元准成。"

"一千万日元跟五百万日元，区别可大着呢！"

阿毅狠狠斜了呆愣愣地插嘴的良宏一眼。

"不乐意的话，就别参加进来嘛！现在就可以出去。"

良宏头摇得像拨浪鼓。一千万日元是大价钱，五百万日元同样是大数目。还有啊，春节时，喝得醉醺醺的叔叔倒是给过他一千日元的压岁钱，可是那一千块很快就被妈妈收走了，说是储存起来到了初中再给他买鞋子、圆珠笔什么的。所以，真正成为自己手中的票子，哪怕是五百块日元，一次也没有过。

"对不起，对不起，请让我加入进来吧。等我存够钱，我要去买 MI 型玩具坦克。"

"真的能挣钱吗？还是在做白日梦呢？"

美津惠半信半疑地问道。

"绝对没问题。为了消除你们的疑虑，不妨现在马上就行动试试。美津惠跟明子做昨天的课外作业。你俩做功课期间，我们去同学那里转一圈，跟他们讲'只出十日元，替你把昨天的课外作业做好'，马上就可以赚到百十来块的。"

"做这种事会挨老师批评的。"

明子忐忑不安地说。

"可是，钱确实是能挣到的。因为想认真做作业的人已经去图书室了，那些现在还没有做作业的人，都是一群懒虫。跟他们讲十日元就可办好，保证有好多同学会下单的。"美津惠分析得头头是道。

"嗯，就照美津惠说的办吧。要是我的话，就出上十块钱把作业交给你们。"

良宏好像很赞同美津惠的话。

"好吧，我们试试吧。只要不给老师发现就成！"

阿毅话音刚落，美津惠又接口道：

"慌里慌张可不成，大家得好好商量。我们还是再听一下明子跟三郎的意见吧。"

"我表示赞成。不过我希望我的作业不用花钱。"三郎说道。

"明子，你呢？"

"嗯，我嘛——"

明子一时语塞。比起挨老师批评，不如说是良心的问题。不过，凭良心讲，刻苦学习的哥哥眼下充其量也就是布匹店的雇员，而不怎么用功的阿照哥哥却一赚就是一千万日元。那些电视上的少女歌手到底上不上学，也值得怀疑。

这时，美津惠打气似的劝道：

"吉冈君跟阿弘，课外作业也好其他什么也好，都是由家庭老师教的。要是能花十元就雇上家庭教师就好了。"

　　"十块钱的家庭教师？那是打水漂儿的家庭教师吧。"

　　三郎尖声叫起来，男孩子们放声大笑。紧绷着弦的明子也笑了。笑一下，情绪明显轻松多了。

　　"那我也试试吧。"

　　"好了，就这么定了。接下来商量一下实施计划。"

　　阿毅说完，打量着美津惠的脸。

　　"美津惠要是到外面跑，肯定能拿到订单，也可以顺便到处谈谈十块钱家庭教师的想法。"

　　再说了，美津惠是公认的小美女，典型的魅力十足。话到了嘴边，阿毅还是慌忙抿住了嘴。这话一旦说出口，明摆着就是说明子不如美津惠嘛！

　　"嗯，让我去主外好了。正好我会骑自行车。"

　　最后的决定是：由大伙当中最聪明的明子和文科方面尤为擅长的良宏留下来认真整理课外作业的答案。

　　阿毅有自行车，三郎也有自行车。不一会儿，美津惠和他俩就骑着自行车飞驰在小区道路上，朝三个方向分散而去。

3. **活泼可爱的推销员**

阿毅刹住了自行车。他一只脚支在地面上，抬头望着二楼的窗户，大声喊道：

"俊夫！"

窗子打开了，俊夫稍微露了一下头。头才缩回去不一会儿，就听到噔噔噔下楼的脚步声。

玄关的门咣当一声打开了，穿着拖鞋的俊夫走了出来。

"要是去玩的话，我可去不了。我眼下正忙着呢。"

"忙着？嗯，是在做功课吧。"

"不是的。功课嘛——"

俊夫顿时露出可怜巴巴的表情，仿佛让他想起已经忘在脑后的令人烦恼的事儿似的。

"晚上再做吧。眼下正在做《少年记者》附录中的游隼战斗机模型呢！"

"哎呀，晚上可不能不看电视里的《铁腕吉米》呀。"

"是呀。"

"这样好啦，我来替你做作业。"

"真的吗？太棒了！全靠你了。"

俊夫顿时两眼放光，神采奕奕。

"只要给我二十日元就成。"

"什么？还要钱哪？"

俊夫无精打采地耷拉着肩膀。

"靠劳动挣钱是天经地义的事。你想想，你在照杂志附录做飞机玩，你在看电视时，我可是在做你的课外作业啊！"

"这么说倒还真说得过去，可是二十块太贵了，太贵了。要是五块左右，咬咬牙还挺得过去。"俊夫略作思索之后补充道，"还有，用你的字来写的话，老师一眼就会看出来呀。"

"所以你要去抄答案。到我那儿去抄答案要十块，把答案送到你这里十五块。再也不能让了。"

"我去抄吧。现在我就去拿钱，你等着。"

俊夫又折回家里，取了十块钱，到门外把十块钱用力塞给阿毅。

阿毅嘿嘿一笑。

"再见！"

阿毅边吹着口哨，边朝下一个目标相泽家骑去。

——看上去真的是一帆风顺哪！

哪怕户外寒风凛冽（忘记交代了，阿毅成立课外作业代写公司时，是在冬天，是五年级的最后一学期），可阿毅的内心轻快极了。

自行车迎风而行。

此时此刻，丘美津惠已经来到了沟河沿岸的公寓区中央。

钢筋混凝土的三层楼公寓，听起来好像蛮气派，其实远不是那么回事。公寓是早在二战前建好的，墙壁已是四处斑驳、裂痕累累，楼梯也已破旧不堪了，玻璃窗上贴着挡风用的报纸，在风中瑟瑟作响。到处都有股小便的异味。

倚在光照充足的墙壁上，美津惠喊道：

"喂，吉田！课外作业做了吗？"

"作业用得着做吗？打算盘才是关键。"吉田一副老成持重的口吻，吉田总是以"我打算盘要成为全日本第一"来勉励自己，"只要算盘打得好，就有了好条件，就能找到好工作，像明子的哥哥那样。"

明子的大哥在樱花市珠算大赛上是第一名的纪录保持者，因此工资很高。吉田又说：

"比起大学毕业的，还挣得多呢！我以后也要这样子。"

吉田才上小学五年级，可他已经自己选择好了将来的工作单位，也就是明子哥哥上班的大和电机公司。

"我的老爸，就是大和电机下属的村上制造所的临时

工，薪水低得可怜。我现在要好好学习珠算，中学毕业后就进大和电机，好好挣一笔钱。"

如此雄心勃勃的吉田，其实现在就在挣钱，他在做送报纸的报童。用吉田的话来讲，作为一个小学五年级的学生，要是自己不能挣到伙食费，是相当羞愧的。

美津惠赶到这座公寓时，吉田正好跟两个朋友结伴去学习珠算的私塾。朋友当中的一位跟美津惠一样，也是五三班的。

"喂，我帮你做课外作业吧?"美津惠说。

"这是真的吗?"

吉田根本未予理会，倒是他的一位朋友来了兴致："就交给你好了。"

"一位二十日元。"

"什么?"朋友一副惊讶至极的表情，吉田反而认真起来：

"出点钱更有信用嘛，我基本同意。总不做课外作业，就老是抬不起头，也真不是滋味。这下可好了。"

吉田从小钱包里掏出两枚十元硬币，又停顿了一下，像是改变主意似的，把一枚十元硬币重新放回小钱包里。

"美津惠，到底是谁在做课外作业呢？是美津惠吗？如果是美津惠的话，那就失礼了。"

"不是我，是明子。要是我一样做不好作业呀。"

美津惠望着吉田闪着油光的黑钱包，生气地说。

"是吗？是明子啊，那太好了。如此说来，四年级的作业也能做出来吧？"

"四年级的？还没考虑过呢。"

"稍微便宜一点吧。还有二年级的。"

"噢，是吉田的弟弟和妹妹的作业吧？"

"是的。可以的话，就一块儿交给你们。喂！"

吉田转过头朝身后喊了一声，一边把一张百元钞票交给了美津惠。

从公寓的阴影处，五六个小孩子战战兢兢地牵着手走了出来。

"喂，你们听好了。这个姐姐讲的话，你们要好好听，再好好写作业。我从私塾回来后，会查你们的练习本，要是还没做的话，你们一个个都有好果子吃！"

吉田又对另外两个人说：

"你们难道不出钱吗?"

"我们没钱。而且,要是被老师知道,可不好交代。"

"什么呀!还说卖报纸呢。好了,全交给你了,美津惠。"

吉田转身走开了。

望着眼前排成一溜的五个孩子脏兮兮的脑袋,美津惠长舒了一口气。

——也罢,也罢,一回一百块,我就强打精神做一回家庭教师吧。

美津惠觉得好生奇怪。刚才在阿毅家里说过"出十日元我就可以当家庭教师",不料想真的应验了。

"好了,大家都去拿书和练习本。现在就出发,到樱花之丘小区去学习。"

"星芒能带去吗?"

一位身穿红色学生裙的女孩子问道。

"星芒是谁?"

"他是个小孩子,是小萨的弟弟。看那儿,来了,来了。"

美津惠朝孩子手指的方向望去,一个两岁上下的男孩子,正朝着这边晃晃悠悠走过来。

"哇!除了当家庭教师,还要当保姆呢!也罢,吉田又得多破费了。"

美津惠大声喊道。

4. 认定正确的事……

话分三头，再说三郎这边。

三郎首先是去找森川。

森川家开了一间名为八百善的蔬菜瓜果铺。

"好了，白萝卜跟胡萝卜一共五十五日元，找你五元零钱。"

森川正忙得带劲。店里除森川外，有一位高中生模样的年轻店员，还有森川的妈妈。

三郎把森川叫到店铺旁边的小巷口，这样问道：

"喂，森川。出二十块钱，课外作业全部帮你搞定，好不好？"

森川呆呆地大张着嘴，紧盯着三郎，接下来浑身颤抖起来：

"我可不喜欢。要是被老师知道了可不得了，我不想干这种不光彩的事！"

"不光彩，哪里不光彩了？"

虽然硬着嘴反问人家，三郎背上还是感到一阵发凉。
在阿毅家里是阿照哥哥的一千万日元烧得大家头脑发热，

所以对赚钱奋不顾身起来。如今让森川这么一提醒，确实感觉不对劲。

要是森川稍微早些提醒一下，三郎可能就不会提议成立什么课外作业代写公司了。更凑巧的是，森川说出了让三郎内心极不舒服的话：

"你难道觉得光彩吗？那我们去问问老师吧。"

老师这个词给了三郎当头一闷棍。在阿毅家里，明子就曾经说过会挨老师批评的。大家都太在乎老师了。

三郎像泄了气的皮球，说道：

"老师肯定会说不好。可是也不是老师所说的一切都正确无误呀。老师说死吧，难道你就会去死吗？"

森川战战兢兢地问：

"那么，谁能决定正确与否呢？"

三郎一时语塞，可是，意想不到的话还是从他嘴里蹦了出来：

"自己呀！"

——可不是嘛，决定正确不正确的就是自己呀。

三郎为自己的话感到吃惊。感觉好像身体突然绷紧了似的。

"好了，森川。阿照哥哥以一千万日元的签约金，成为职业棒球队的队员。你觉得这件事正确吗？"

森川以吃惊的眼神打量着三郎。

"那能有什么法子呢？他在甲子园球场打过本垒打的

呀。"

　　这时，店里已站着两位提着菜篮子的主妇。

　　"我要买菠菜跟大葱。"

　　"我要一公斤橘子。"

　　母亲的声音响了起来，森川赶快跑了过去。

　　三郎出师不利，对跟森川谈做课外作业的事大失所望。

　　"那就再见了。"

　　三郎离开了八百善的店铺。

　　下一站的目标是美智子家。美智子是三郎的同桌女生，人也不错，时常会忘了做课外作业，那时她准会惊跳起来。

　　途中经过一处带有小院子的房屋，有人招呼他：

　　"喂，三郎。你去哪儿啊？"

　　阿通从竹篱笆那边探出头来。

　　——也罢，就先跟阿通说说吧。

可是，话没说完，阿通的头摇得像拨浪鼓。

"我才不喜欢呢，作业还是得自己做嘛。"

三郎大笑起来。

"说得好听，以前所有的作业都是你一个人做的吗？你难道不请你爸爸妈妈帮忙吗？关键是，你经常是没完成。"

"嗯，是的。"阿通困惑地应承道，"可是，老师是想让大家都好好学习才留作业的呀。要是像你这样做事，谁都不会做作业了。你最好尽快从那帮人里脱离出来。跟出钱请人做作业比起来，哪怕我不做作业，挨老师批评时也会轻松一点。"

三郎感到很泄气。阿通嘴上所说的，跟他实际所做的，完全是两码事。

——所以说，半桶水的人最难对付。

阿通显然不是优秀的学生，成绩也就排在中等。要是不去找那些学习一塌糊涂的人，这种买卖恐怕就要泡汤了。可三郎还是想起了美津惠的话，再次强调道：

"可阿弘他们就是找家庭教师做作业的，这显然是出钱请人做作业呀。"

阿通翻着白眼，说不出话来。

此时，院子的木门打开了，阿通的哥哥推着自行车走了出来。他已经中学三年级了。来到路上的哥哥，直盯着三郎，说：

"学习是为了锻炼自己的能力。向家庭老师请教，跟照抄照搬答案，完全是两码事。"

　　真是一语中的，一针见血。三郎喊住了已经骑上自行车的阿通的哥哥。

　　"大哥，我还有一件事想问你。阿照哥哥以一千万日元的大价钱成为职业棒球的队员。你有何感想呢？我是校报的记者，请回答我。"

　　校报虽然偶尔才出上一期，可三郎是校报记者，这是确切无误的。阿通哥哥冷冷地答道：

　　"那小子是有特殊才能的，我们都不是那块料。除了好好学习进好学校，别无出路。"

　　说完，他脸色阴沉地猛地蹬了一下自行车的踏板。目送着他拐过屋角的背影，三郎问阿通：

　　"你哥哥到哪里去呢？"

　　"去私塾。升学私塾。"

　　"去就去嘛，脾气倒很冲。"

　　"今天特别冲。中学考试才第二十三名。"

　　"二十三名？很不错啦。是全年级排第二十三名哪！"

　　"虽说是三百人中的第二十三名，可不进入前二十名，就进不了朝日高中。"

　　朝日高中是附近的一所高中，是考进东京大学升学率最高的名校。

　　"哥哥一心期望进入一流高中，毕业于一流大学，到大公司上班，住在有空调的好房子里。他真拼命哪，一天就只睡五个钟头。"

阿通满脸自豪地说道。

此时，明子跟良宏在边做着作业边聊天。

"五年级马上就要结束了。"

"是呀。明子还是会得优秀奖吧。从一年级开始没有哪一年没有得过，是吧?"

"可是，今年很难说。"

"你就别谦虚了，我知道你会得到的。我也知道我绝对得不到，这可是板上钉钉的事。真憋气啊。要是偶尔颁一个迟到奖或是作业健忘奖就好了。"

已经查清并写好输出品、输入品的品种跟国名了。接下来只要抄写几份同样的东西就可以了。

"要是设那种奖，特意迟到、不做作业的人，就会层出不穷吧。"

"那就好了，要是大家都不学习，我也就不会成为懒虫了。"

"良宏，你根本就不是懒虫嘛。你看，眼下输出输入的图表就是良宏你仔细查实的，连我弄错的地方你还帮我纠正了呢!"

良宏一下子脸红了。

"我喜欢文科嘛。"

"就是啊，要是设一个文科奖就好了。"

这时，门打开了，阿毅的弟弟文男跑了进来。

"美津惠马上就要带大家进来了。"

"大家？"

"是四年级学生、二年级学生，还有更小的小毛头。我在沙池里玩，看见美津惠带着那帮孩子已经过来了。真的开始了呀，明子姐姐。我也要进公司。"

听文男这么一说，明子和良宏真的犯愁了。

5. 四季和作业都不会消失

"你加入进来也行啊，文男。不过，稍微，稍微等一下……"

就在良宏吞吞吐吐的当儿，孩子们吵吵嚷嚷的声音灌了进来。

"啊，真沉哪！好了，星芒，下来吧！"

美津惠的声音响过之后，门打开了，美津惠牵着一个小男孩的手进来了。

在他们身后，五六个小孩陆陆续续露面了。这让明子着实吃惊不小。

"喂，美津惠，怎么回事？这些孩子是……"

"瞧见了吧，跟我说的一样。所以呢，我也申请加入公司。"

文男得意地说着。

他跟吉田的弟弟打了个照面，不禁嬉笑起来。

他们都是四年级学生。

"不让我加入，我就告诉我爸爸妈妈去。"

"喂，在吓唬人吗？你知道我在做什么事吗？"

美津惠盛气凌人地俯视着文男。

"噢，噢，不知道。不过，过后我问一下吉田，就一清二楚了。"

"从现在起，我们大家就在一起学习。好了，进屋之后都把本子拿出来。"

"要学习吗？"

"不喜欢的话，可以来照顾这个小孩子。"

"得了，还是学习吧。"

文男也认真起来。

第二天，还是在阿毅家里，美津惠、三郎，明子跟良宏聚在一起。

"汇报一下昨天的成绩。全部算起来，一共挣了二百三十三日元。"

"嗬，二百三十三日元哪！"

明子双眼闪闪发光。三郎略表遗憾地说道：

"每个人还不到一百块。"

"怎么会有三块的零头？"美津惠问。

三郎摇了摇头，说：

"美智子讲，没有十五块就少交一点吧。"

"三郎总是过不了美智子这一关。"良宏嘲讽地说。

"别闲扯了，看着这里吧。二百三十三块里，一百块是吉田出的。眼下手头钱不够欠交一回的，有川村和露子，共欠款三十块。"

"等一下。这三十块是在二百三十三块里面，还是另外的？"

"噢，在二百三十三块日元里面。"

"写到黑板上吧，好看明白些。"

良宏指了指墙壁上的黑板。

黑板是阿毅的妈妈当账本用的，上面记着"三号，买月票"以及"欠药店一百二十块"等字样。

阿毅用小字把"三号，买月票"以及"欠药店一百二十块"抄写在黑板的一角，然后在黑板正中写上了昨天的成果。

"我这里五十块，三郎那里八十三块，这些是两个人四处收集到的钱数。"

"川村和露子欠的三十块，是记在阿毅的账上，还是三郎的？"

"是三郎名下的。"

"那就写明白点吧。"

"怎样写才好呢？"

阿毅歪着脑袋。

明子站了起来，从阿毅手里接过白粉笔重新写了起来。望着工作成果，阿毅开心地笑了起来。

"成功了耶！"

"是呀，成功了。今天还干吗？"

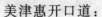

三郎精神抖擞。

美津惠开口道：

"一直这么干就好了。"

"成立一家公司吧。一家课外作业代写公司。"

"好啊，好啊！我赞成良宏的提议。办一家课外作业代写公司。"

"同意。"

"举双手赞成！"

大伙儿拍手通过。

明子担心地问：

"没什么问题吧？办一家公司的话，往后，老师肯定会知道的。"

"明子，你张嘴闭嘴老师、老师的，看样子很怕老师。放心吧，大家保守秘密，老师就不会知道了。"

三郎如此安慰后，阿毅开口了：

"公司会发展壮大的。我最近读了一本书，是写过《埃米尔与少年侦探团》的名叫凯思特纳的人写的。在书中，凯思特纳这样写道：'哪怕造出了超音速飞机，四季和课外作业也不会消失。'只要有课外作业，本公司就会兴旺下去。"

大家都兴奋异常，明子的话就说不出口了。

明子是想表达这样的意思——

秘密是守不住的。向我们的朋友们一个一个地讲：

"帮你做好课外作业，你就交钱吧。"要是老跑去拉活儿，说不定有谁就会告诉老师的。我们是能严守秘密，可客户们就不会了。

明子的担心，根本无碍于谈话的进展。

"社长嘛，阿毅就挺合适。阿毅是这一工作的最佳策划人。"

"大家每人都拿一本参考书来吧。"

"同意。"

"公司就选在阿毅家。"

谈到这里一切都很顺利。

此时，良宏问道：

"那薪水怎么发呢？"

他问这话时，话题就卡壳了。

"大家都一样，挣到的钱五人平分。"

阿毅这样提议，三郎撇了撇嘴：

"那太没劲了。最好的方法是谁拉的活儿越多，谁分得越多。"

他边指着黑板上写的"三郎八十三日元，阿毅五十日元"，边这样说道。

良宏眼睛都瞪圆了：

"喂，那我跟明子怎么办呢？"

"跟你们没关系，这都是我们拉活的人的工作报酬。"

"喂，三郎。"美津惠开口了，"要是阿毅说要公司事务所的费用，怎么处理呢?"

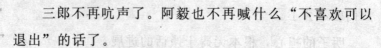

"这，这个……"

三郎不再吭声了。阿毅也不再喊什么"不喜欢可以退出"的话了。

"好了，为新公司的成立干杯!"

就在阿毅兴致勃勃讲话时，文男闯了进来。

"哥哥，不让我进公司可不成。"

"噢，你也来呀?"

阿毅双眉紧锁，美津惠倒是笑了:

"文男昨天认真地照顾过小孩，蛮起作用的，算是见习职员好了。"

"好的，那就当见习职员吧。把庆祝开张用的饮料搬过来吧。"

"用果汁好了。"

文男兴高采烈地打开餐柜，拿出冲好的果汁。

6. 发现格陵兰岛

课外作业代写公司出乎意料地飞速发展，理由之一就是因为大家听从了良宏的主张：

"明子的担心是不无道理的。为了保守秘密，大家千万不要跟外人提起。"

大家经过讨论，决定在短时期内，只从第一次委托课外作业的伙伴那里接活。

还要吓唬一下他们：

"千万不能跟别人讲，要是别人知道了，受处罚的可不只是我们了。就连你，也是脱不了干系的。"

秘密就这样保守了下来。

可是，因为这个公司的成立，发生了不少奇妙的变

化。其一，把走路摇摇晃晃的星芒也带来的吉田的弟弟们，每周一两次到阿毅这里来，由明子教他们学习功课。

"哎呀，要学习，真讨厌哪！"

虽然嘴上这么埋怨着，这帮小毛孩还是开始用功了。

不过，比这更奇妙的是，明子跟良宏比以前更爱学习了。既然已经是正儿八经地收钱做事，可是马虎不得的。

他们一致认为："要是答案弄错了，公司就不会有信誉。"

对了，今天是星期天。上午，良宏在自己家里伏案学习。平时他总是去阿毅家里，但今天阿毅不在家，他全家四口到亲戚家玩去了。

课外作业还照样是输入品的问题。文科的问题已经议定全部由良宏来做答案。这一回的问题是，查出石油输入国的名称，按顺序写出三个国家来。

——最多的肯定是美国吧？

良宏这样猜想着。翻开教科书的表格一看，不由得

大吃一惊：

"嗬，最多的居然是科威特。"

圆形图表中接近一半是科威特。一九六一年，日本

进口石油的百分之四十二点三来自科威特。

"科威特在哪里呢？"

良宏打开了亚洲地图。记得好像是在伊拉克附近。可不是嘛，从矩形的阿拉伯半岛地图上看去，科威特就

位于右边的一隅，刚好嵌在日本第二大石油输入国的沙特阿拉伯和伊拉克之间，是一个小小的国家。

"这么丁点儿的国家呀。"

良宏这一次翻开了世界地图。在这张地图上，科威特就更小了，可以说是针尖大小的一个国家。良宏转念一想，比针尖稍微大一丁点儿，有筷子尖大小吧。

"不过，苏联和美国可真大啊！"

大国真令人羡慕啊！在他重新浏览地图期间，良宏注意到一件奇怪的事。

"格陵兰岛，面积也相当大啊！"

它是一座位于世界地图右端上方的岛屿，好像无法全部放进地图里似的，有一端给切断了。

——要是前端不被切断那可就更大了，大概有南美洲那么大吧。

既然是这么广袤的岛屿，应该更加有影响力、更加有名才是。

"爸爸！"

良宏拿着地图，朝把脚伸进地炉里看电视的父亲走去。

"格陵兰岛啊，那是丹麦的领地，一座冰雪覆盖的岛屿。什么？跟南美洲一般大小？连南美洲的一半甚至三分之一都没有。"父亲不厌其烦地解释道，"因为地球是球形的，越靠近它的北端与南端，也就是北极跟南极，就越小。地图上是把它们跟赤道用同样大小来表现的，所以格陵兰岛看上去要比实际的显得大一些。"

"原来是这样。"

良宏还是似懂非懂。

"明天，请老师给你看一下地球仪吧。看过地球仪，就更清楚了。"

父亲告诉他。

可是，良宏想现在就探个究竟。

良宏拿着地图出了家门，本来是打算到学校去的，中途他改变了主意。今天是星期天，或许老师们不在，就算在，要是不熟悉的老师，麻烦人家也挺不好的。良宏决定去图书馆，地球仪什么的，图书馆里肯定会有吧。

去图书馆的路上，在小区的商业街，良宏的眼睛被一家商店的橱窗吸引住了。那是一家好大的文具用品商店。

橱窗里就并排放着两个地球仪呢。

太棒了！

良宏痴望着橱窗里的东西，恨不得穿过玻璃进去。遗憾的是，大地球仪上，格陵兰岛被放到了里侧；小地球仪上，位于地球上方的格陵兰岛歪歪斜斜的，就是努力从侧面望过去也不能看完全，除非从上方往下看，可又被玻璃挡住了。

——真是的！

这时，身后传来吉田的声音：

"你一门心思在看什么？"

"地球仪啊。有没有能看得更清楚的方法呢？"

"可以从里面拿出来啊。"

"可是拿不出来呀。"

"没问题，我来拿吧。"

吉田径直走到店里，跟店员说了起来：

"我想看一下地球仪。"

"要买吗？"

身着制服的年轻女店员眼睛发亮地望着吉田。吉田脸都红了，可他还是神气活现地回答：

"看过之后再决定吧。"

店员去取地球仪期间，吉田悄声说道：

"她把我们当小孩，瞧不起我们。要是对大人，是不会这样失礼的。"

"嘘——"

店员从里面抱出一大一小两个箱子。

良宏骨碌碌地转着小型地球仪，寻找着格陵兰岛。头一次没有找到，只好再转了一次。

看到了。前端没有切掉的格陵兰岛伸入海洋的浅水色里。跟其他陆地不一样，不是绿色也不是茶褐色，只有锯齿周围是绿色，中间是跟大海稍浅处一样的颜色。

——这就是冰岛的标记。

良宏一动不动地盯着格陵兰岛。

接下去，他把它跟南美洲作了一下比照。小一些，确实小一些，连三分之一都没有。

过了一会儿，良宏略带遗憾地从地球仪上移开了视线。

"好吧。我回去跟我爸爸商量一下。"吉田跟店员这

样说。

二人一出店门，吉田就开口问道：

"你在地球仪上看什么呢？"

"格陵兰岛啊。"

"格陵兰岛？哎，有那种地方吗？"

良宏从日本的石油进口国一事开始，一五一十地说了起来。

"是吗？那我也应该好好看一下的。"

吉田的脸上露出失望的表情。

第二天，吉田在社会课开始上课时，举手叫道："老师！"

"很稀奇呀，吉田也举手提问了，有什么事啊？"

"老师，我们想借地球仪看一下。"

"借是可以，但你要做什么？"

"让良宏来讲吧。"

——这个人真是的！

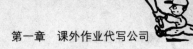

良宏只好讲了昨天的事情。听良宏这么一说，翻开地图看的孩子就多了好几个，还不时发出"是啊"、"可不是嘛"的议论声。

"好了，课上完，吉田去取地球仪吧。"

社会课一结束，吉田就去拿地球仪。

当他进教室时，事故发生了——

"我先来。"

"我先看。"

三郎跟阿通同时紧紧抓住了地球仪。三郎这边稍快一步抓住了地球仪的球柄，阿通攥着地球仪支柱的北极附近。

地球仪看上去很旧了。他俩彼此用力一攥，三郎就跌了一个屁股墩儿，手里只剩球柄了。

阿通顿时惊呆了。就在他抱着没有球柄的地球仪脸色铁青的当儿，三郎扑了过来。

阿通抛下了地球仪。

"啊——"

他们正好是在窗户旁边。

哐当一声，地球仪破窗而出。更倒霉的是，教室是在二楼。大家打开窗子往外一看，地球仪落在水泥地上，摔裂了。

7. 捅娄子的只有三郎他们吗？

"啊，太过分了！老师会骂人的。"

"赔，快赔。"

"不是我，不是我，是矮脚鸡毛信跟阿通打坏的。"

大家从二楼的窗户往下望去，唧唧喳喳地闹腾着。

"矮脚鸡毛信，阿通，快去捡哪！"

吉田往教室外跑去。三郎和阿通像才苏醒过来似的，紧随其后。良宏也跟去了。

教室里，阿毅跟芝田在纠缠不清。

阿毅满脸通红地叫道：

"你没完没了地说'不是我，不是我'，到底是什么意思，芝田？"

"又不是我干的，这样讲有什么错吗？"

芝田愣头愣脑地答道。

"就是不对。我讨厌你这种讲法。矮脚鸡毛信跟阿通正犯愁呢，你这样讲不是太自私了吗？"

"这是我的自由。"

"你是自由了，可也得考虑别人的感受啊。"

"说对了，你正好也要考虑一下我的感受。"

芝田在三郎跟阿通抢地球仪时，自己也正往前挤着，就差一步而已。

两个人大声吵闹着，使得正朝窗子外面观望的同学一齐转过头来望着阿毅跟芝田。

两个人气喘吁吁地对峙着。

"停下来，两个人都停下来，好不好？"

学习委员铃木不知如何是好。地球仪已经坏了，一场硝烟又近在眼前。铃木一时束手无策。

这时，吉田回到了教室里。

"怎么样？还有救吗？"明子和美津惠齐声问道。

良宏摇了摇头：

"不行啦，巴拿马运河那里缺了一块，不知道飞到哪里去了，已经找不到了。"

"把没有巴拿马运河的地球仪给我们看看。"

马上就有四五个人聚拢到良宏身边，良宏双手捧着损坏了的地球仪。

"痛死我了。"

芝田大声嚷着。

停止了争吵正要往良宏那边去的阿毅，慌乱中踩到了芝田的脚。

"啊，对不起。"

真是快如闪电，芝田猛然挥起拳头朝阿毅的头部击去。

"你打人！"

阿毅揪住芝田，把他摁倒在凳子上。

"打架了，打架了！"

女孩子们尖声喊叫起来。

铃木围着两个人团团转。

幸亏上课的铃声响了，大家立即各就各位。

阿毅和芝田虽然不甘作罢，却也不得不回到座位上。

石川老师走进教室，他似乎注意到了大家的神情有些异样。

"出什么事了？"

吉田挠着头，站了起来。

"地球仪弄坏了。"

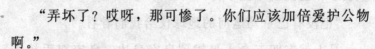

"弄坏了？哎呀，那可惨了。你们应该加倍爱护公物啊。"

说罢，老师环顾四周，打量着大家。

"就这件事吗？"

大家都一声不吭，这反而使得老师警觉起来：

"还有什么事吧？铃木，你来说。"

铃木直挺挺地站了起来，他万般无奈地讲道：

"阿毅跟芝田打架了。"

本来看上去一点没有生气的老师，眼睛突然瞪圆了：

"你们再过一个月就六年级了，动不动就损坏东西、吵嘴打架，这样子配当高年级学生吗？今天的第五节课作为特别课外学习课，以地球仪损坏和打架事件为核心，全班同学进行这一年来的反省，所以你们午休时都认真思考一下。"

可是，午休时思考问题实在是太难了。其他班上的孩子都在玩耍，只有咱们这个班没法玩。大家都还没想好，第五节课就到了。

议长是铃木跟女学习委员绿子。一开始，由铃木报告三郎与阿通互抢地球仪并扯坏了的事故。

"请有感想的人发言。"

"我有。我想，要是大家不争抢，按顺序看就好了。"

"我认为应该像老师讲的那样，要爱护公物。"

"阿通跟三郎，你们的想法呢?"

阿通朝着大伙低下了头:

"给大家添麻烦了，实在对不起。以后我一定小心。"

照这种步调，跟以前一样，一个特别的课外学习课就会成为走过场了。

可是老师却紧追不舍。

"每个人都谈谈自己的真实想法吧。不然，不会有真正的反省的!"

既然老师这么说了，三郎说出了出乎意料的话:

"说实话，我确实是想早一点看到地球仪。按顺序的话，说不定要等到天黑呢。"

大家笑成一团。老师的脸色更沉了。

"三郎，这么说，你是一点也不反省，是吧?"

于是，吉田开口了:

"地球仪要是有很多个就好了，四十六个人才一个地球仪，实在不够看。"

明子恍然大悟。是呀，地球仪要是一人一个，根本就用不着抢来抢去嘛。

"安静!"老师对交头接耳的孩子们说，"也许真是像吉田讲的那样。可是现在只有一个地球仪啊，就这一个也是用你们父母的税金买来的，必须十分珍惜啊。"

"喂，议长。"明子举起了手，"我认为最好是到校长先生那里去。三郎确实不对，可是为了今后不再发生类似事件，就去请求校长，请他给我们大家多买些地球仪吧。"

"嘿，要是整个学校到处是地球仪，那怎么行啊?"有人这样插嘴道，大家又大笑起来。

"没有地方放，那就建一个放的地方嘛!"

"学校里有那么多钱吗?"不知是谁又将了一军。

明子觉得无比伤感。

——钱哪，钱，无论到哪里，钱都是不够用。

明子的眼里，又浮现出嘴上总是叨咕着钱不够花的母亲疲惫的面容。

其实，明子觉得伤感，并不只是钱的原因，而是大家根本就没有真正认真听取明子的意见。

明子刚落座，美津惠就站了起来:

"我们最好还是先到校长先生那里去道歉吧。要是隐瞒不报，说不定石川老师会挨校长训斥的。校长会说，学生把地球仪弄坏了，你作为授课老师责任不小哇。"

石川老师挠了挠头。大家又大笑起来。

想象一下现在训斥我们的石川老师挨校长先生训话的情形，实在蛮有意思。

"要是我们去道歉了，校长先生就不会对石川老师发那么大的脾气了。所以，我们去道歉吧。到那时，我们再顺便提一下，地球仪的数量很不够啊。当然，没有必要买到学校都放不下，哪怕增加一个也好啊。再买一个的钱，学校还是有吧。"

四五位同学拍手赞成，其他人都沉默不语。

几个孩子在悄悄说："别买地球仪了，最好买篮球。"

这时，议长沉稳地提议道：

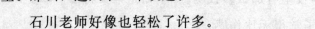

"赞成的人请举手。好了，多数人同意去校长先生那里。那么，进入下一个议题。"

石川老师好像也轻松了许多。

他取下眼镜，用手帕擦着。

美津惠同学善于替别人着想，他的心里暖洋洋的。

8. 讨厌赔偿

下一个议题，阿毅跟芝田打架的事，就更加无头绪了。

"学校禁止暴力。男孩子这么粗鲁真令人讨厌。"

早苗说道。

阿毅接着说：

"我不小心踩了芝田的脚，芝田就打我。当时，我实在是很生气才冲动地反击的。早苗你要是挨人揍过你就会明白的，我一点也不坏。"

芝田接着说道：

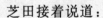

"你问了不相干的事，就不对。踩我的脚是误会还是故意的，谁弄得明白呢？"

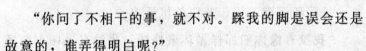

阿毅一听气急了：

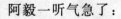

"噢，原来如此。你以为我是故意踩你的，是吧？弄坏地球仪的不是你，这一点谁都清楚，可你却一再强调这一点。"

阿毅一边说着，一边脑子仍在滴溜溜转——

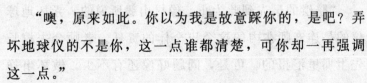

芝田在喊"不是我，是矮脚鸡毛信跟阿通打坏的"

时，为什么自己特别反感呢？对了。刚才明子说过"三郎他们虽说不对"，难道只有三郎和阿通不对吗？绝非如此。

阿毅开口了：

"还有，我所说的事，并非毫不相干的闲事。你难道没有去抢地球仪吗？阿通和三郎只不过偶然先行了一步。如果是我们抢先碰到地球仪，或许就会是我们弄坏地球仪的。真胆小啊，芝田竟然一个劲地强调不是他。刚才，大家不是反省要按顺序来吗？我们大家显然都有不对的地方。"

"不管你怎么胡扯，弄坏地球仪的并不是我。至于说大家都有不对的地方，那就让大家一起赔好了。"

是吗？阿毅算是明白了，原来从一开始他就想到要赔偿的事。芝田家难道跟吉田家和明子家一样贫困吗？以前一点也不知道呀。

见阿毅沉默不语，芝田趁机反攻：

"我没有像你们那样做坏事挣钱。我没有弄坏东西还要赔钱，会挨妈妈骂的。"

"赔偿的事先到此为止。像村山毅所说的，弄坏地球仪的是连老师在内的这个班全体的责任。老师会去校长先生那里汇报的。可是，问题好像还有不少。做坏事挣钱又是怎么一回事呢？"

"议长……"

这时站起身来的，是此前一言不发只在本子上写补习班作业的三村。他脸色白皙，胖墩墩的，像一个小大力士。

"这小子营养过剩，好东西吃太多了。"

同样长得个子很高却一点也不胖的吉田时常这样讲他。

三村腆了腆肚子。

"班上有人嘴上说得好听，却在背后帮人做作业挣钱。这样一来，老实的人就只有吃亏了。"

老师的脸色又陡地一变。阿毅马上站了起来，脸通红通红的。

"那个人就是我。"

老师大步走到阿毅身边。

"村山，你——"

老师的喉节上下动着。吵闹声戛然而止。教室里安静极了，明子和良宏的胸口怦怦直跳。

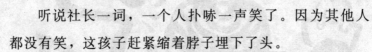

阿毅的声音很洪亮：

"我是那家公司的社长。"

听说社长一词，一个人扑哧一声笑了。因为其他人都没有笑，这孩子赶紧缩着脖子埋下了头。

"可是我不会说出伙伴们的名字，因为我们有约定。"阿毅咬紧了嘴唇。

想讲的事实在多如牛毛。本来这个公司的成立，是因为一直玩棒球根本不学习的阿照，他加入了职棒队收入非常高。都说老实人会吃亏，我们也好像蛮吃亏的嘛。不学习的人反而过得很好啊！

本来想说出这些，可激动之余又言不由衷起来。

这时，美津惠站了起来：

"我就是其中一位。我打算做家教挣十日元或二十日元的。"

"我认为小学生不可以做那种事。"三村说道。

明子偷偷望着良宏和三郎。

——看样子我们都非得承认是公司成员不可吗？

可是，良宏和三郎一个劲地低着头。明子更没有单独站出来的勇气。

这时，吉田说话了：

"美津惠说的是真的。阿毅他们还教我弟弟以及我们公寓里的孩子做课外作业，他们可帮了大忙了，我也请他们帮忙了。"

"花钱请人做作业，你自己怎么掌握知识呢？"

老师打量着吉田。

"我不在乎。我们公寓里的大人谁都不晓得科威特在哪里，也不晓得日本的石油是从哪里输入的。不过，我并不是什么也不学，我在学习打算盘，我认为打算盘比做功课更有用。"

这时，下课铃响了。老师总结道：

"村山毅跟丘美津惠留下来。议长把今天讨论的内容，在明天早晨向大家汇报。老师要好好考虑一下，大家也认真思索一下今天的话题吧。好吗？"

阿毅回到了家里。值得庆幸的是，老师并没有告诉父母亲。真弄不懂老师为什么要命令"快把课外作业代写公司解散吧"。

"要是不解散，老师可就有看法了。"老师带着威胁的口气说。

在回来的路上，美津惠跟他说：

"午休时，芝田跟三村就在谈论我们的事。他们两个关系很不错，肯定是因为芝田被阿毅难住了，三村来解围的。"

美津惠倒满不在乎。

跟美津惠分开后，阿毅一回到家，弟弟文男猛地跳了出来。

"怎么样，哥哥？我把旗子都做好了。"

文男边开心地笑着，边把缝有骷髅的海盗旗摊开来。

"把这个作为课外作业代写公司的旗帜正合适。"

"傻瓜！"

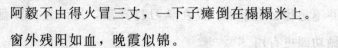

阿毅不由得火冒三丈，一下子瘫倒在榻榻米上。

窗外残阳如血，晚霞似锦。

阿毅不由得忧从中来。哎呀，这一片小河山，该如何收拾才好呢？

9. 解散仪式

课外作业代写公司终于解散了。

"很可惜，可是无可挽回了。"解散仪式上，阿毅说道。

他们把挣来的钱全部拿去买了好吃的，举行了一个解散仪式，还邀请了客户当中出钱最多的吉田。

"本来咱也不指望做什么惊天动地的大事，可就这么给强行解散，挺叫人遗憾的。"阿毅说道。

之后，大家一齐起立唱起了《萤火虫之歌》。唱歌结束后，阿毅把刀子伸向放在桌子上的花式蛋糕。

旁边挂着文男画好的有骷髅头的海盗旗。

美津惠一边品尝蛋糕，一边说道：

"阿毅，虽说到现在为止我们也没有做什么大事，可是请学校买了地球仪就是一桩好事啊。"

"还有一件，我在学校里也讲过了，你们还教了我的弟弟们功课呢。"吉田接茬儿道。

接着，良宏说：

"吉田的弟弟那边也许还说得过去，地球仪可跟公司

无关哪。"

　　"是你在做公司的工作时，发现地图上的格陵兰岛屿大得过头的，怎么没有关系呀？再说了，明子还告诉校长她要捐出优秀奖奖金呢。要是不这样说的话，也许就买不成地球仪啦。哎呀，明子所说的事儿，跟公司倒是没什么特别的关系。"

　　美津惠自己倒好像是弄混了，可她还是坚持到底。

　　"总之，没有吉田和咱们公司这些人，学校是不会买

地球仪的。"

　　班会上决定去请求校长给买地球仪。第二天，班级的五人小组朝校长室走去。

　　选出这五个人，倒颇费了一番周折。首先选出的是学习委员铃木和绿子。接着，针对这一问题发言的吉田和明子，也很快就定下来了。可是到了第五人美津惠，赞成的声音就稀稀拉拉的。在同一次班会上，大家已经知道她是课外作业代写公司的成员，把被老师留下来的人选为代表，大家总觉得不对劲。

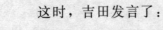

这时，吉田发言了：

"反对的话，就明确讲出来。美津惠去不了的话，我是不会去的。"

"我也是。"

明子也这样应和。这么一来，大家都高声表示"同意"。

除这五人外，还有去道歉的阿通和三郎，以及石川老师，大家一齐来到校长办公室。

在三郎和阿通郑重其事地道过歉后，铃木代表全班同学，请求校长给班上再买一个地球仪。

校长先生微笑着说：

"哎呀，因为数量少，大家相互抢来抢去，这事儿我理解。但是，学校还有一些必要的设备需要添置，首先就是游泳池。为了建游泳池，我们正煞费苦心呢。至于能不能买地球仪，跟老师商量一下就是了。"

"谢谢校长。"

铃木低头敬礼。明子很是担心，她弄不清到底能不能给买。

"校长先生，要是没有钱……"明子边说边犹豫了一下，她的脸涨得通红，"我想把优秀奖发的奖金，拿去买地球仪。"

这是她昨天仔细思索的结果。

"嗬！"

校长先生惊奇地望着明子。这时，吉田开口道：

"是的，校长先生，这样最好。我从出生以来一次也没领过优秀奖，因为能领优秀奖的学生是少数，用这奖金来买地球仪可是派上了大用场了。"

"是呀。可是优秀奖是为了激励大家的呀！"

"没有多大激励作用。领奖的基本上都是固定的那几个人。"

校长先生笑了起来。

"你们那么希望有个地球仪，那就买吧。不过，这一次——"

"我们会保管好的。"美津惠大声说道。

费了这么一番周折，最终才决定买地球仪。确实像美津惠所说的那样，在这一事件中，课外作业代写公司的成员占了多数。先是良宏发现了地球仪的乐趣，接着是三郎争抢地球仪，最后是凭明子的机敏灵活，地球仪终于买回来了。

"是呀。那就算公司的工作吧。不过，还是有点奇怪啊。"

阿毅打开练习本寻思着。那是一本记录公司工作的本子。

"那不是代写公司的工作范围嘛。我们再组建一个这

样的公司怎么样？而且旗子都有了。"良宏建议道。

"这种公司挣钱吗？"

"到底做什么工作呢？"

三郎和阿毅这么一问，良宏挠了挠头。实际上确实弄不明白要干什么，而且类似地球仪这样的事，是根本不挣钱的。

"良宏所言之事，如果有什么眉目，大家还是一起干吧。先这么定好吗？"

"嗯，好的，就照美津惠说的办吧。"

"我同意。还有什么呢？"

大家零星地鼓掌。这时，吉田开口了：

"到那时候，也算我一份吧。"

看见话题岔开了，明子开口说：

"阿毅，美津惠，对不起。你们大胆说出在经营课外作业代写公司的时候，我勇气不够，没有说出口。"

"我也是。"

"我也一样。"

良宏和三郎的脸都羞红了。

"哪能这样说嘛。与其五个人都挨训，不如只有两个人挨训划算呢。"

"是呀。往后也千万别做所有伙伴一齐坦白的事。"阿毅补充道。

解散仪式结束了，除了阿毅和文男，大家都回去了。

这时，阿毅才发觉最关键的话忘记说了。

仔细一想，事到如今，课外作业代写公司的工作并不是什么好事。可是，明知不好的事，为什么我们一直在做呢？

在内心某处，肯定有这种事做一做也无妨的侥幸心理吧。阿毅心想。

——大伙儿都认真思考一下的话，我们是不会创办这个课外作业代写公司的。

阿毅在心中嘀咕着。是呀，他想通了。忘记说的就是这件事。不过，如果大家真的都较起真来，结果又会怎么样呢？

第二章　过去、现在和未来

1. 新学年

正值四月，樱花小学确实名不虚传，处处樱花盛开。操场周围连同校舍之间，都栽满了樱花树，好一派花团锦簇。

美津惠清晰地记得，在她一年级时，因为有许多樱花树，就有了樱花小学这个名字。可是直到她四年级时，才正式定下樱花小学的校名。也是直到那时候，她才真正留意到学校四处都是樱花树。

校舍外面花瓣飘零，飞落的花瓣都纷纷飘到教室里来了。

这是六年级三班的教室。

"从今天开始，你们就是六年级学生。再过一年，你们就要进中学了。"石川老师表情严肃地说。

美津惠不由得在心底窃笑。

——当然了，再过一年自然就是初中生嘛。

美津惠左顾右盼，打量着教室。三郎望着前面，好像在专心倾听石川老师的讲话。吉田坐在靠窗的座位上，正吹着飘落在课桌上的樱花花瓣。

——不能看见阿毅、明子和良宏的脸，怪让人寂寞的。

年级重新编班了，原来课外作业代写公司的成员中，留在三班的只有美津惠和三郎，其他三人都编进了一班。

石川老师继续讲道：

"进入私立中学的人，过一年后必须进行考试。去了公立中学的人，要是在这一年不认真学习，到考高中时，就够呛。到了中学三年级之后，哪怕通宵学习，也为时已晚。也就是说现在不抓紧用功，就进不了高中。长大后只好徒自伤悲了。"

——说得不错，就会像阿通的哥哥那样。

三郎这样感叹道。

阿通的哥哥一天只睡五个小时，可还是在考朝日高中时落榜了。

——好了，认真学习吧。

三郎下定了决心。

吉田低声咳嗽着。美津惠于是记起吉田以前说过"我认为打算盘比做功课更有用"的话。

老师好像也想起那件事，望着吉田，走了过去。

"就算不能进高中，抓紧学习也是为自己好。如果不学习，最吃亏的是自己。再说，六月份就有一次测验，大家都去争取好成绩吧。"

吉田又咳嗽起来，脸都咳红了。老师担心地来到吉田的旁边，用手按着他的手掌。

"发热了。开学典礼也用不着硬挺着，并不是非来不可呀。"

吉田不好意思地回答说：

"我家里人说，要是在家里躺着说不定会把感冒传给弟弟，还是上学吧。"

众人哄堂大笑。美津惠边笑边若有所思。吉田家很挤，是老式公寓楼里的一间六张榻榻米的房子，睡着一家六口人。

老师说道：

"没办法。快去保健室拿点药，躺一下吧。"

"嗯。"

吉田出门时，望了美津惠一眼。他眨了眨眼睛，露齿而笑。好像在说，没事，一切正常。

樱花花瓣同样飘进了一班教室。在这间教室里，老师也在和六年级学生交流着心声。

三宫老师，是新到这所学校的老师。

"我是三宫，有人知道比我的姓少一横的二宫金次郎先生吗？"

三宫老师打量着学生们。

四五个人举起了手。

老师指着绿子。

"二宫金次郎先生背上背着柴火时还边走路边读书。"

大家都笑了起来。

"你是从谁那里听来的，还是在书里读到的？"

"是听我爸爸讲的。我爸爸小时候，在他的校门旁边就有金次郎的铜像呢。"

"那你们是怎么看金次郎先生的？好，你说。"

被点到的俊夫战战兢兢地答道：

"哎呀，那样边走路边读书准会近视的。"

大家又大笑起来。

老师也边乐边问：

"也许会吧。可是金次郎想学习想到了那个份儿上，你们明白是为什么吗？你们怎么看呢？"

——嘿，言下之意不就是你们也应该像金次郎一样努力学习嘛。

阿毅望着窗外，可老师接下来却话锋陡转。

"为什么金次郎那么渴望学习呢？这里有两条理由。"

老师边讲，边在黑板上写上两个词语——

求知欲

立身处世

"是求知欲和立身处世，就是这两点。所谓求知欲，就是想掌握各种知识。无论是谁，都希望自己知道的东西更多更广。求知欲的根源是好奇心，什么都想了解，都想知道，都想确认。也正是求知欲，才使得大家想要更多地了解宇宙，了解海底世界。"

大家静静地听着老师上课。

"所谓的立身处世，就是在社会上拥有好的地位，闻名于世。当然，金钱也会随之而来的。无论是谁，都希望过着愉快的生活，都想得到社会承认。我想，这就是想立身处世的根源所在。在金次郎的时代，农民为了生活而奔波。金次郎希望能过上更加富足的生活，为此，他必须发奋学习。"

于是，黑板上添写上了不同的词句。

　　求知欲——好奇心

　　　　　　　想过上愉快的生活
　　立身处世
　　　　　　　想得到人们承认

"可是，我是讨厌二宫金次郎的。他根本不考虑家乡的农民也希望过上富足日子，只是一味主张节俭、节俭。这种男人对于社会来讲，是没有什么益处的。"

教室里议论纷纷。

这种说法很难理解。再说，二宫金次郎也太古老了，跟自己没多大关系。

老师又说了：

"在这一年的时间里，我恳请你们好好思考一下——自己到底为什么而学习？这就是本年度的课外作业题。毕业时，请每个人都写好交上来。"

"哇！"

叫嚷声响成一片。

明子不由得缩了缩头，浮想联翩：要是课外作业代写公司存在的话，对这一道课外作业会拿出怎样的答案呢？

两三天后的一天早晨，明子边欣赏着路边的樱花，边往学校走。在她的身后，阿毅和良宏追了上来。

"早上好。怎么啦？一个人优哉游哉的。"

良宏话音刚落，明子就笑了起来："学校里的樱花，远远看上去，真像彩云一般绚丽多姿。"

明子刚说完，阿毅也笑了。

"樱花花蕾比樱花更加可爱。那种树枝上才有的小小的、瘦瘦的花苞。"

阿毅颇感遗憾地望着近在眼前的花枝。

"我要是校长先生，就把学校所有的树木都改种为果树，梨树啊，苹果树啊，橘子树什么的。"

"还有香蕉树、菠萝树、椰子树。"良宏在一旁补充道。

——阿毅又振作起来了耶。

自从课外作业代写公司解散之后，阿毅一直打不起精神。好在到了六年级，终于又恢复到了原有的状态。原因或许是当中有一个春假，好歹调整了一下心情。更重要的好像是新来的授课老师三宫老师。明子心情很愉悦。

开学仪式那天，在回家的路上，良宏喃喃道："这道课外作业真奇怪，要做一年时间呢。"

阿毅接口道："很有趣是吧？为什么而学习呢？"

过了一会儿，他又自言自语似的说：

"不错，我是要认真考虑一下到底为什么而学习。"

——真棒啊！

明子也喜欢听三宫老师讲课。

2. 花忍者

又过了一周。

窗外细雨霏霏。吃过点心后，三宫先生又开讲了。

"我们来读书吧。"

"什么书啊？没什么味道可不喜欢。"

"什么书名呀？"

"《花忍者》。"

老师说完，在黑板上写下"花忍者"几个字。

"是我的朋友写的书哟。"

"啊？你有这种朋友啊！"

"读吧，读吧。"

大家都来了兴致，于是老师读了起来：

　　涌雾谷便是忍者村。过去涌雾谷的领主是
山伏的寺院即岩石寺。山伏，就是修行者。为
了获得替人们祛病消灾的神力，他们穿行在令
人头晕目眩的陡峭山路上，在深山老林里做着
苦修。忍之术——忍法便起源于山伏的法术。

三宫老师读到这里时，课堂上"嘿"、"哦"的惊叹
声响成一片。

"忍者是起源于山伏，真是头一回听说啊。"

"是真的吗？"

"嘘，安静下来听吧。"

老师又读了起来。这就是下面的故事——

　　涌雾谷位于涌雾川的上游，涌雾川流经有
着岩石寺的乡间。涌雾谷里，山岩陡峭，溪流
湍急，是山伏们的修行之所。修行的山伏们跟
村里人相处融洽，也有村民向山伏讨教学习诸
如锻炼体魄、集中精力、使用刀剑、在黑暗之
中看见实物之类的本领。岩石寺留意到了这一

点，把这一类村民收为山伏，派出去四处刺探其他藩国的武士和大名的秘密。

没过多久，岩石寺在与都城势力的较量中失败，失去了领主的位置。而涌雾谷的人们在新领主涌雾家的带领下，仍然一直从事着刺探他国秘密的工作。

时间渐渐过去，这时进入了战国时代。村民们不只是刺探秘密、耍枪弄剑，还开始兴兵作战。

村民们从不脱离忍术，一方面自然是因为听从领主的吩咐；此外还有一种原因，正如这个山谷的名字那样，这里雾天多、山高谷深，农作物的收成不大好。村民们光靠耕种旱田，从事山间的工作，只能勉强填饱肚子，所以不得不再从事其他能赚到钱的工作，即忍者的工作。这样一来，相比其他村落，生活多少富足一些。忍者的工作，是由领主涌雾家去找的，涌雾家从委托他们的大名们那里领取丰厚的酬金。

山谷的吉兵卫家里有个孩子叫佐平。佐平从小就喜欢花花草草。号啕大哭时只要把花往他手里一塞，哭声就会止住。走在路上，一旦发现珍奇罕见的花卉，他就会目不转睛地看着。大约从六岁起，他就开始种花、撒种子，还在院子里开辟了一块花圃。

哪一个村子的孩子都会攀爬高山，下河嬉戏。特别是这个山谷的孩子们将来注定要当忍者，所以除了会做爬树的游戏，还要会做在草木丛中躲藏隐身的游戏。可是，佐平哪怕在做捉迷藏的游戏时，只要花儿跃入他的眼帘，立刻会从藏身之处跳将出来。当他去找人时，只要看到珍奇的花儿，就会对那种花儿痴迷起来而忘了去找藏起来的孩子们。因此，跟佐平在一块儿做游戏，时常会中途停止，弄得大家不欢而散。

而且，佐平还笨手笨脚的。别的孩子躲在草丛里都不会使周围的草摇晃起来，而佐平躲藏的草丛，总会摇摇晃晃。爬树时，他常踩到细枝条上坠落下来。因此，当分成两组玩比赛游戏时，有佐平的这一组必输无疑。

大部分孩子不爱跟佐平玩，跟他玩的只有清三和藤野。这两个人，当佐平面对鲜花眉开眼笑时，便自己到别处去玩；当佐平跟野花告别了，他们再回来跟他玩。

深谷里的孩子们就是在游戏当中，自然而然地掌握了忍术的基本功。用树上的果实和野草的茎叶做投掷游戏，就跟将来投掷真正的撒手剑成为投手连成了一体。还有，通过互相追逐，从高高的山崖往下跳，在河流里潜水游泳，不仅锻炼了身体,也打下了身手敏捷的忍术基础。

不过，不大爱玩的佐平，就无法掌握这些基本功。

当父亲吉兵卫因此而大声批评他时，佐平就说：

"爸爸，我不想当忍者。"

"什么？咱们谷里的人都注定要当忍者的。"

"我不喜欢！"

父亲生气了。母亲阿胜好言好语哄他，佐平还是坚持说不想当忍者。

十岁，是孩童生活的分界点。从这一年开

始，孩子们就要动手做自己力所能及的事了——正月里，要收集各家的稻草绳和松枝去搭建小屋，在小屋里烤饼，之后再把小屋烧掉；春天，女孩子们会在小河的河滩上搭锅灶，做吃的；盂兰盆节时，会搭建节日小屋；在秋天结束时，会搭祭祀天狗的小屋。

此外，还有挨家挨户唱上一轮"去跟野猪说说话"的野猪祭……差不多每个月都会有一次由孩子亲自动手的节庆活动。

在这些活动里，山谷所有的孩子要集中到一起。附近的玩伴们也会加入，朋友的圈子会骤然扩大。在搭正月小屋时，佐平跟比他大一岁的幸作成了好朋友。佐平在给小屋装饰福寿草时，幸作注意到了他。

"你真会装饰呀！你好喜欢花儿吧？"

从那之后，手脚笨拙的佐平犯了什么错，挨年长的孩子呵斥时，幸作总是护着他。

涌雾谷的孩子从十岁起开始忍术练习。孩子们食宿在小屋时，大人们会来教他们忍术的初级技巧。不久，孩子们就学会了在黑暗中分辨出物体的形状，他们还学习了比常人走路快上三倍的飞毛腿的方法，以及抓蛇蝎、逮老鼠的生存技巧，还有迅速躲闪身体的隐身法，并实际开展练习。

忍术练习对大部分的孩子们来说，特别有趣，让人又喜欢又害怕。练习到无声地疾步如飞的程度时，就会有长大成男子汉的感觉。可是，佐平总没有办法全身心投入这种训练，相比之下，他认为让他去找大朵的桔梗花，跟花儿玩上一阵，才更为有趣。

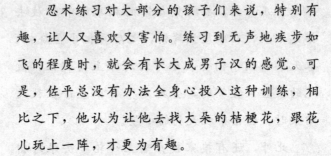

比较而言，忍术练习还说得过去，让佐平最苦恼的是从十岁开始的祭天活动。

祭天是涌雾谷特有的节庆活动，是一种沿袭过去山伏们穿过崎岖不平的山路，爬上涌雾峰去参拜位于山顶的天狗庙的活动。不是说光去参拜天狗就行了，更具意义的是，要像山伏们那样，统一意志，克服行程中的种种艰难险阻。

路上首先有一帘飞瀑，要站在从天而降的响瀑下面念诵经文咒语。正月天寒地冻时还没有瀑布，到了春秋两季，流水会像寒冰一样刺骨，牙齿和身体都会打战。

孩子们排成一队在山路上的羊肠小道上攀行。山路迂回在不见天日的森林当中，不久就变成了架在河面上的独木桥。当临近天狗庙时，山路窄似栈道，两边都是深不见底的幽谷，一

旦大风吹来，简直就要把人吹到深谷中去。佐平趴在地上往前挪。

到了上面是绝壁、下面是悬崖的巨石处，就非得侧着身子走路了。

从巨石处往下望，佐平感到身子发软、站立不稳。在陡峭壁立的山崖下边，在远远的浓绿丛中，深蓝色的流水旁边的褐色岩石看上去小如蝼蚁。

"镇定点儿，佐平。抓住我的手。"

走在前边的幸作，瑟瑟地把手伸了过来。身后的清三也鼓励他：

"慢慢地把头往上抬吧。"

依靠他们的帮助，佐平才顺利地通过了巨石。

第一次祭天活动之后，佐平就哭开了。

"干吗非得做这种事呢？"

"不做的话会活不下去的。"村里的长辈孙右卫门告诉他。

到了下一次祭天，佐平哭着闹着说什么也不肯去。年长些的少年把不听话的佐平扛了起来，扔进了水潭里。幸作和清三跳进水潭，救起了快被水冲走的佐平。佐平于是彻底明白了——

哪怕再不喜欢，祭天还是非去不可的。

藤野让佐平的手里紧握着金灿灿的棣棠花。

三个好伙伴还告诉他：

"我们会帮你的。"

"我也一样。"

幸作、清三和藤野在日后祭天时，一直帮助佐平。

涌雾谷的气候就像孩儿脸，说变就变。哪怕早晨天气晴朗，到正午就像谷名所说的那样，变得云飘雾涌，还下起冷雨来。佐平在潮湿的岩石上滑了一跤，手里拄着的木杖也飞了。抓住眼看就要跌下的佐平的手，攥住他的衣带的，总是幸作和清三。

男孩子和女孩子各自进行祭天。藤野没法直接帮助佐平了。有一天，藤野说出了令佐平恍然大悟的话：

"佐平，祭天时好好看看周围有些什么花。"

光跟大家一起走路就绝望的佐平，因为藤野的这句话，开始多少关注起周围来，于是他发现了许多不可思议的花儿。当浓雾弥漫，什么都看不见时，他会停下歇一会儿。当大雾悄悄地散开之后，他便看到山杜鹃盛开着，绛紫色的紫罗兰生机盎然……每当佐平不得不去祭天时，他就会想起藤野的话，自言自语地说：

"今天又可以告诉藤野找到了哪些新的花。"

于是便出门了。

有一天，老人孙右卫门告诉他：

"佐平呀，不能只在祭天的时候去爬山呀。平时有空也去爬一爬吧。忍术的练习得多加强一点。"

"啊，好吧。"

佐平低下了头，他彻底地明白非干不可了。可是在做完家务，有空时，佐平的兴趣仍然只在各种花上。

佐平之所以能坚持去祭天，就是因为有藤野的话，以及幸作、清三的帮助，佐平常把自己培育的花送给三个好朋友。

佐平眼看着就要十五岁了。在涌雾谷里，

男孩到十五岁、女孩到十三岁，就进入了青年的行列。这时，男孩子戴上天狗面具、女孩子戴上山龟面具，去参加盂兰盆节舞会。舞会之后还要进行测试。这一舞会和测试就成了加入青年行列、进入少女行列的例行活动。

佐平对测试十分害怕。在测试时，男孩得做三件事——

第一件就是用撒手剑投掷挂在远处松树枝上的靶子，这是在当日白天的舞会上进行的。

第二件是要连续跳过五堆燃烧的竹火堆，这是在晚上举行的。

第三件是在节日之后的满月之夜前往天狗庙，把一面收藏在庙里的面具取回来。

参加祭天时，虽说山道很熟，可据说在十年前，曾经有一个孩子从山崖上坠落身亡。

佐平跟母亲阿胜说：

"妈妈，我不想参加测试。"

母亲没有回答，只是泣不成声。

听见他的话，父亲吉兵卫恼火地说：

"这是规矩，非做不可！大伙儿都去的。"

年长的孙右卫门瞒着佐平去领主涌雾那里替他说情。

"就别让佐平参加测试好了，那孩子当不了
忍者的。"

领主涌雾回绝道：

"村上的规矩不能破坏，要是允许一个人不
参加，今后会有很多人不参加的。"

孙右卫门低着头呆立了很久，一动不动。

幸作、清三和藤野热心地对佐平说：

"你就做力所能及的事吧。"

投撒手剑时，佐平注意到靶子上有一朵红
花。佐平的剑投入了花心，五个靶子中，投偏
的只有一个。

跳竹火堆时，燃烧的竹子对面也放着白花，
佐平瞄准了花跳过了竹火堆。

到后来，幸作、清三和藤野对他说："取面
具就没法帮你了，得你一个人自己努力了。"

在取面具的前一天，幸作、清三和藤野三
人还爬了一次通往寺庙的山道。因为他们听说
佐平到这边来了。他们认为佐平是想把今晚的
路再确认一次。不出所料，在半路上他们就碰
到了佐平。佐平扒开了山路旁边斜坡上的细竹
子和低矮的灌木丛，正在那里挖着土，埋着什
么。

"怎么不去熟悉一下今晚必经的山路呢?"

"你到底在做什么?"

"哦,花儿呀。"

佐平流着热汗,开心地笑着说:

"对了,是花儿。我在埋石蒜花的球根呢,明年这里就会开花的。"

佐平边埋着球根,边悄声说:

"种上花儿,我就会活着。"

三人都不由自主地打了个冷战。

那天晚上,佐平从天狗庙返回途中,在巨石处,失足坠下山谷一命呜呼了。他的手里还

紧紧攥着花王面具，那是收藏在庙里的数十张
面具中唯一一张让佐平喜爱的。

读到这里，三宫老师歇了一口气，认真倾听的孩子
们当中也发出长长的叹息声。老师又接着往下读：

第二年，又到取面具的日子了。

幸作、清三和藤野爬行在通往天狗庙的山
路上。刹那间，他们惊呆了。在去年佐平埋下

球根的斜坡上，红色的石蒜花如云蒸霞蔚。

就在他们出神仰望时，一个叫着"佐平，
佐平啊"的女人的声音传了过来。回头一看，
佐平的母亲阿胜从山路上跑进了这片花的海洋，
紧接着他的父亲吉兵卫也大踏步走来，在他们

的身后，孙右卫门也在花丛中寻觅着。

在花海里，阿胜弯着身子哭喊道：

"喂，佐平，你真的希望这样活着吗？"

"孩子他妈。"

藤野跑到他们身边，靠近吉兵卫，听见他

喃喃自语道：

"原谅我吧，佐平。我没法违背村规。"

孙右卫门双手合十，说道：

"佐平啊，真的做了花王了。每年就在这里

让百花盛开吧。"

伴随着阿胜啜泣的声音，从石蒜花的花海里，幸作、清三和藤野仿佛听到佐平的声音萦绕在耳边：

"种上花儿，我就能活着。"

"故事念完了。"三宫老师说。

大伙儿都沉默了一会儿。良宏出声道：

"忍者真够呛啊！"

话匣子一打开，大家都议论起来。

"一个一个讲吧。"老师这样说。

于是，阿弘说道：

"我认为死去的佐平太可怜了。"

"是啊，真可怜啊。"

"他爸爸要是答应了佐平的请求就好了。"

"最后让百花盛开实在太精彩了。"

芝田说道：

"要是我的话，让我去祭天、去测试，我才不干呢。我会躲到别的村庄去，种花、卖花过日子。"

"不行啊，芝田。当时，别的村寨好像也要进行类似的测试啊。"俊夫说道。

"不对吧？这个村子是忍者村，得做那种事，别的村子就不会了吧？"

"那可是战国时代。在任何村庄都要会耍刀弄剑。所以呢，到哪一个村子都一样。"

俊夫再次强调。

早苗说道：

"祭天跟测试的事我不懂。当时如果以种花为生，不管哪一个村子，我想都不会有人买吧。"

明子一声不吭。

可能的话，她希望尽量听一听其他孩子的发言。

在明子眼里，生动地浮现出佐平埋球根的画面。真可怜呀，那孩子死了，从巨石处坠落而死。

接下来，鲜红的石蒜花的花海又浮现在眼前。红得那么鲜艳，红得令人发憷。失去心爱孩子的父母，在花海里呆立着。

失去孩子的双亲的悲痛，深深地触动了明子的心。眼下只要稍微动一动身体、随便说上点什么，那种感伤肯定会化为热泪喷涌而出。

阿毅也沉默不语。在成立课外作业代写公司那天，阿毅就做过忍术初级练习，即闭气。他曾经说过这样的话：

"唉，真想出生在战国时代呀！那样我就可以当忍者，于百万军中取敌将首级，领一大笔赏金。"

当然，他并不是真心那么想的。只是想生活在根本没有课外作业的战国时代里，生龙活虎的忍者们都给人

一种自由自在、无拘无束的感觉。可是，这一段《花忍者》的故事却让人毛骨悚然。既然是故事，无法弄清多大程度是真实的。可是很显然，忍者的修行和战国时代的生活是极为严酷的。

"三村，你是怎么想的？"

老师问营养过剩的三村。

三村慢腾腾地站了起来：

"我认为，送命的孩子傻极了。"

大家都很惊讶地望着三村的脸。

"山谷里的孩子为了生存，即使不喜欢也必须会使枪弄棒，牢牢记住如何穿行于山间小道。不干正事，对花儿痴迷就是胡来。如果自己想好好活下去，在测试之前根本就不要去埋什么石蒜花的球根，去温习一遍通往寺庙的山道才是正理。"

整个教室死一般沉寂。明子按捺不住举起手来，发言道：

"哎呀，佐平太可怜了。佐平只不过想活着，只不过想种花呀。"

"是啊，只懂种花的孩子也有生存权哪！"

良宏支持道。

"可是，过去不是那样啊！"

三村执拗地反驳道。

森川长叹一声，说：

"佐平要是活在现在就好了。那种祭天和测试都没有了。"

"是啊，过去真野蛮啊。"

有两三个人应和着。

于是，老师问道：

"那你讲讲现在怎么样呢？"

大家吃惊不小。一瞬间，教室里鸦雀无声，不一会儿又热闹起来。

"现在不野蛮了。"

"现在才野蛮呢！"

"跟过去比，现在肯定好多了。"

在大家的议论里，老师插话道：

"怎么样？大家再讨论一下吧。"

"什么？讨论？"

"是啊，把过去和现在进行一番比较，然后考虑一下野蛮到底是怎么回事儿。怎么样？有人想试试吗？难道没人有勇气来接受挑战吗？"

教室里又安静了下来。

"我来吧。"

早苗响应道。

接下来，铃木也说道：

"我也来。"

阿毅不由自主地喊道：

"我也参加。"

铃木询问道：

"无论过去什么时候都行吗？"

"没问题。遥远的古代也好、近代也好，都无妨。"
老师如此回答，接着又说道，"哪一个时代都行，地点就
定在樱花市，用一种方式来观察樱花市的变迁，日本国
的变迁也行。接下来，把未来也考虑进去，或许会更有
趣。"

明子受未来一词吸引，也有意尝试一番，可仍然犹
豫不决。

这时，良宏说道：

"既然阿毅参加，我跟阿毅一起合作。"

"好的。"

明子寻思：我就跟良宏一起参加阿毅那一组吧。

3. 现在也野蛮

第二天放学后，阿毅、良宏和明子站在校门旁边。三人旁边的樱花树已经满是翠绿的叶子。

美津惠和三郎从教室那边走了过来，而阿毅他们就在等他俩。这两个人今天是三班的值日生，刚做完大扫除。

"三郎，你是不是得去私塾学珠算呢？"美津惠问道。

三郎眼睛滴溜溜地乱转，说：

"瞧你说的！还是和大家一起吧。"

"我们要去调查城市的过去和现在。"

"为什么？"

阿毅聊开了花忍者的故事，包括当时有同学说过去真野蛮，现在也野蛮；还有三宫老师叫他们去研习一下；阿毅他们决定三人一组去调查等等。

"因为赞成的人很少，所以我说'现在才野蛮'。"

"哦？此话怎讲？"

"因为有人信口说出'过去真野蛮'啊！"

"是吗？难道没有充分的理由吗？"

"应该有的。可我当时就是那种感觉，因此我们现在要去寻找理由，还要把未来也考虑在内。好了，咱们行动吧。"

"等一下！你说什么未来？"

"因为三宫老师说过，要是把未来考虑进去，或许更有趣。"

"三宫老师的说法真好啊！要是在未来，我们就能进入宇宙，也能制造火箭。"

三郎兴高采烈地说道。

美津惠也接着说：

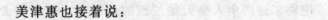

"我明白了。就当我们是未来人，好好调查一番城市的过去和现在吧。就当我们乘着时空梭，从未来来到这所樱花小学好了。"

"好啊，我赞成！因为时空梭也能进入过去，就可以调查清楚城市的过去了。"

"好了。未来人！出发去探索城市吧！"

五人一齐走出了校门。

第三天的午后，五个人站立在新国道的十字路口。把自己当成是未来人花上两天时间在城市各处转悠一圈后，跟过去一比较，他们发现城市变化最大的就在这一带。

得出这一结论后，他们齐聚到这里。

"使用大和电机制品的汽车最多。"

阿毅总结道。

卡车、公共汽车、摩托车，排成一列列在国道上奔驰而去。卡车哐当哐当，摩托车咔嗒咔嗒。当重型大卡车驶过时，一阵风沙猛地刮过，扫在站在人行道尽头的五个人脸上。

明子朝南边望去，白色的大型建筑在蔚蓝的晴空下耸立着。那里就是大和电机公司的工厂。与新国道交叉的公路的尽头，消失在这群白色楼宇里。

路上，远看小得像玩具一样的卡车和摩托车行驶着，车影越变越大，朝着明子呼啸而来，它们排着废气，卷起一阵满是尘埃的热风，扬长而去。

三郎说：

"信号灯真有意思，能叫车子吱地刹住。"

"小摩托车也在跟大车一起拼命地跑呢。"

明子没有吱声。在大和电机工作的明子的哥哥骑的是自行车。一想起大清早，哥哥猛蹬着自行车加入这样的车流中，明子感觉哥哥好可怜。

可是大部分的人都是骑自行车，这么一来，早上通往大和电机的路上不就自行车成灾了吗？

良宏感叹道：

"过去这一带曾是一片荒滩，真是想不到啊！"

"才过了三年就已经面目全非了，那个加油站的地方过去就是荷塘，还开着莲花呢！"美津惠用手指向马路对面，"去看看吧！"

五个人横穿马路。三郎跑到加油站附近，大叫道：

"哦，还留了一点呢！"

有一处根本不能算池塘的脏水坑，枯萎的芦苇还立在水洼边。

明子读三年级时曾到过这里。那是以了解家乡过去为主题，跟着老师来的。虽说是在同一个城市，毕竟隔着几公里，那之后就没再来过。

就像美津惠所说的，当时这里是迷人的荷塘。接天莲叶无穷碧，荷叶舒展着，静静地随风摇曳着。

"当时也没有红绿灯啊！"

可就在近两年，交通流量剧增，荷塘被填埋了，建起了楼房，也诞生了大和电机。

明子三年级来这里时，是来看原先的芦苇滩与荷塘如何被改变成水田。不久之后，荷塘和大部分水田就被房子和工厂挤占了。将来，这些依旧残留在大和电机厂房边的水田和脏水坑，肯定也会变成厂房吧。

"这样子变化不是很好吗?"

阿毅悄声说。

三朗望着泛着油污的脏水坑：

"还是过去的荷塘更好。"

良宏说：

　"是啊，俊夫说过跟过去比现在肯定变好了，其实并不尽然。"

　阿毅不禁咽了一下口水。在他的内心深处，未来这个词和俊夫的发言重叠在一起。一条从过去、现在到将来的白亮的线条，浮现在他脑海里。过了一会儿，阿毅慢悠悠地说：

　"是啊，既然跟过去比现在不错，那未来跟现在比不是会更美吗？"

　"说得在理。"

　美津惠回答。

　"是啊，从未来看现在，也许现在就很野蛮呢！"

　三郎感慨地说。

　明子若有所思。想起一件昨天根本不会考虑的事。

　"我也跟阿毅一样啊！"

　在未来这个词汇里，尽管伴随着不安，但是还有一种光芒四射的感觉，那是一种不断喷涌洋溢的感觉。为这种感觉所吸引，明子才加入城市探索的行列。

　可是，未来也不全然是光辉灿烂的，也有一种未来很黯淡，就像碧绿的荷塘变成污秽不堪的黑水洼一样。

以前阿毅说的"哪怕造出了超音速飞机，四季和课外作业也不会消失"，这句话蓦地涌上她的心头。

"跟城市的变化不同，我们既然是未来人，未来也会有考试吧?"

大家都没有露出理会的神情，明子慌忙岔开了话题。

"《花忍者》中佐平就有测试呀！现在不也还是有考试?"明子边说着，边想起一件新鲜的事情，"听说，现在就有人为了不去考试而自杀呢!"

真是时空倒错啊。过去发生的事情以及故事《花忍者》中佐平的形象，俨然活生生的，跟眼前的社会新闻没什么两样。

三郎说道：

"是啊，有人拼命学习，一天才睡五个小时还是不幸落榜。"

阿毅说：

"人们把芦苇滩改造成工厂，发送了人造卫星，确实是在大踏步前进。同时也还有很多没有改进的地方，比如考试照样严格、荷塘变成了污水池，这就是野蛮吧?!"

"等一下，野蛮到底是什么?"

良宏问道。

"你不会不明白吧!"

阿毅说。他突然意识到看上去很明白的野蛮是无法

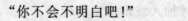

说清楚的。

"是啊，看似明白，就是说不出来。"良宏困惑地说。

这时，明子说道：

"我昨天在图书室查词典，查过野蛮这个词。"

"你真厉害呀！"

美津惠言罢，明子嫣然一笑：

"毕竟咱过去还是课外作业代写公司的成员嘛。"

明子从手袋里取出笔记本念了起来：

"野蛮指不文明，没有开化，还有，粗鲁成性、蛮横无礼。其他词典也是类似的意思。"略加思考之后，明子接着说，"嗯，我一直在想，为什么森川他们听过《花忍者》的故事，会有'过去真野蛮'的想法呢？"

"意思是指粗暴成性、蛮不讲理吧？"

"那现在呢？"

"从未来的角度来看现在，也许也是不开化的，甚至不得不说是相当粗暴、蛮不讲理。"

"确实感觉现在也很野蛮呢！"

阿毅表示赞同。良宏好像发现话里有玄机：

"在明子查过的词典里，怎么没有这样来解释野蛮的意思呢？肯定在野蛮里还有另一层意思。"

"如此说来，三郎，我想起一件事。"美津惠转变了话题，"今天午休时我问你，你好像说过，三村所说的击中了要害呀。"

三郎好像是这样讲的：

"是啊，就像良宏讲的那样，对花很入迷的佐平也有生存的权力。可如今，不从学校毕业、没有特长，就无法生存。简直就像三村说的，佐平要是不会耍刀弄剑、不能在山间小道上疾步如飞，就只有死路一条。"

"有特长是怎么回事？"

三郎询问道。

"我也不大明白。跟别人一打听，说是一技之长。比方说，会烫头发的技术；比方说，会开车的技术……有某一种技术的特长就成。"

"说得对呀！所以吉田会打算盘。"

良宏佩服之至地说。

阿毅啪啪地折断了枯萎的芦苇秆儿：

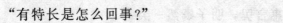

"也就是说，我们生活在一个和过去一样野蛮的社会里，是吧？"

大家面面相觑，感到后背阵阵发凉。

美津惠开口道：

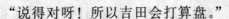

"大家还是打起精神，想象一下未来吧。我们既然是未来人，对于现在我们生活的时代应该是一无所知的呀。"

"是啊！未来世界有登月火箭、有机器人，到处都是上百层的高楼。"三郎不断畅想着，但还是中途打住了，"哎呀，这是谁都能预见的未来嘛。没大多意思。未来该

更有趣才是啊。”

于是，明子说道：

“感觉跟未来有一定关系，还是有些地方不大明白。《花忍者》中死去的佐平，不会忍术就没法活着，但现在不是有人专靠种花来生活的吗？光是这一点，社会就进步了呀。为什么还会那样呢？”

“我也想弄个明白。不过，说实话……”良宏有点懊悔地说，“从下一周开始，我不能再贪玩儿了。每周得上四天私塾，要是再不努力的话，会挨老爸训的。”

“为什么大家都要去上私塾呢？”

三郎叹了一口长气。

“这不是明摆着的嘛——考试呀，要是通不过考试麻烦就大了。”

被美津惠这么一说，三郎满脸通红，三郎回想起自己前一阵子听过石川老师的话后，下定决心要努力学习的。

“良宏去私塾，我也得去了。”

三郎情绪急躁起来。明子也陷入了深思。明子现在每周去两回私塾，兄长们还说，要改上那种上课次数更多的私塾。

“明子，你是要上东京大学的吧？要是不再抓紧一点儿，就麻烦喽。”

在明子头脑里，大哥的这句话跟开学那一天三宫老

师讲的立身处世这个词相仿，的确是重如千钧。什么是立身处世呢？那天明子回家后，灵机一动，翻了翻词典，确实跟三宫老师说的一样——词典上写着，有一个出人头地的地位。明子想，也就是要比别人更优秀、更伟大吧。

"我要是像吉田那样，说只要有一技之长就行了，大哥肯定会大发雷霆的。"

大家都默不作声。阿毅又折断一根枯芦苇，气冲冲地说：

"还是应该有玩的权利呀！"

明子说：

"过去的孩子都玩得好吧？"

"涌雾谷的孩子就会玩。"

阿毅没好气地说。

良宏接着讲：

"我听我爸爸和妈妈讲过，他们小时候都有农忙假，在农忙季节，学校会放假，农家的孩子都回去帮家里的忙。哪怕在平时农家的孩子也要割草啊，种田啊，也不怎么玩呢。"

"是吗？"

阿毅为自己冷淡粗暴的态度后悔不已。看样子，过去、现在、未来以及野蛮都挺棘手的。

不光是阿毅，大家都这样想。

三郎说：

"有一点我明白了，就像刚才明子和阿毅说的那样，现在也好，过去也好，严格的考试是一成不变的。哪怕没办法跟别人认真解释清楚，既然过去是野蛮的，现在也照样野蛮。这一点我是看透了。"

大家都觉得有所收获。

4. 破碎的梦

这时，吉田在珠算私塾里。

"好了，我们来做手指练习，一、二、三、四、五，

一、二、三、四、五……"

随着助理教师的号令，吉田他们用手指拨着算盘。
一、二、三、四是用大拇指来拨，五是用中指拨动。

"一、二、三、四、五，一、二、三、四、五……"

喊声越来越快。如果达不到一分钟拨动十几次的要
求，就无法出人头地。

在长长的课桌上放着一排算盘，面对算盘坐在榻榻

米上的学生们，正在聚精会神地练习着。

中学和小学的孩子们都在全神贯注地动着指头。

在课桌间走动着，喊着"一、二、三、四、五"的
助理教师停顿了下来。

"好了，我们来练习计算，听我高声朗读。请大家注

意：二百三十四日元，三百六十五日元，一千八百九十

八日元，这样下去……"

突然响起另一个声音："三万三千三百三十三日元。"

"哎呀，算得又快又准。继续。"

教室里传来噼里啪啦拨动算盘的声音，还有老师的讲课声。

吉田既紧张又专心。

珠算私塾里的一个小时很快就过去了。

吉田背着双肩背包来到外面，他站在街角的当铺前，打量着橱窗里面，橱窗里陈列着典当的西服和相机。

——天哪，还在呀。

看见价值一千二百日元的手表，吉田放心了。吉田很喜欢手表，实在是太需要了。到六月，吉田的珠算级数就会升到一级。开课时间会稍晚一点，时间正好跟送晚报的时间有冲突。

要是有手表，就可以边看手表边飞奔到报社去。他实在太喜欢手表了。于是这四五天，吉田都去瞧瞧典当的手表。

可是手头没有一千二百日元。

——哎呀，坚持一下吧。再怎么攒，也不够一千二百日元，才三百日元呢。

吉田对买手表彻底地失望了，往报社那边跑去。

他边跑边想起一件事。

对了，今天回去后得帮助阿熏那小子了。吉田曾经对他大吼大叫："都三年级了，连如何弄到一条秋刀鱼的法子也想不出来。"

昨天晚上，吉田看见念三年级的弟弟在学校里写的诗，又猛发了一通脾气。

诗是这样的：

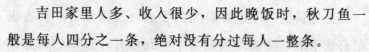
我好想吃秋刀鱼，

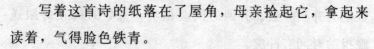
我好想吃一整条秋刀鱼，

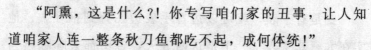
越想越馋，口水咽个不停。

吉田家里人多、收入很少，因此晚饭时，秋刀鱼一般是每人四分之一条，绝对没有分过每人一整条。

写着这首诗的纸落在了屋角，母亲捡起它，拿起来读着，气得脸色铁青。

"阿熏，这是什么?! 你专写咱们家的丑事，让人知道咱家人连一整条秋刀鱼都吃不起，成何体统!"

可是这时阿熏已在储藏柜里睡着了。

吉田从母亲手中拿过纸，自己读了起来。

"确实没有吃过一整条秋刀鱼，没办法呀! 我二年级的时候就特别想吃。"

听吉田这么一说，母亲不再吱声。吉田每月都把送报纸的收入交给妈妈，在家里是有发言权的。

可是，吉田对阿熏很恼火，不是因为像母亲说的，露了家丑。

——要想吃的话，别哭哭啼啼，自己去弄好了。

　　这就是吉田的主意。而且，到了三年级，买一条秋刀鱼的钱，总有办法弄到手的。给收废品的帮一天忙也好，帮邻居买一天东西也可以呀。

　　想是这样想，到第二天早上就忘得一干二净。早上太匆忙了，得去送报纸，加上婴儿哭闹，得给他喂早饭。

　　在路上，吉田才想起忘了这事。

　　送完晚报，吉田准备回家。马路上飞奔着五六辆自行车，他们都是大和电机的职工，大家都在高声谈笑着。

　　其中就有明子的哥哥。尊敬明子哥哥的吉田站住跟他打招呼，明子的哥哥也刹住了自行车。

　　"喂，你就是吉田吧？一直在学打算盘吗？"

　　明子的哥哥声音出奇的洪亮。他打量着吉田双肩背包上挂着的算盘。吉田根本没在意他的举动，只是受自己尊敬的人声音的吸引而兴奋不已。

　　"是啊，最近学着呢！到小学毕业，我想通过三级测试。"

明子的哥哥一听哈哈大笑起来。他的话无异于给了吉田当头一棒：

"得了吧，算盘什么的根本没用。"

吉田大吃一惊。

"为什么不管用呢？"

就在他要这样反问时，明子的哥哥骑着自行车走了。

"好奇怪呀！"

吉田一头雾水，不明就里。吉田以前只跟明子的哥哥讲过一次话。有一次，一个和吉田在同一家报社送报纸的年轻人，转到大和电机上班。吉田到年轻人吉川的公寓去玩时，在那里认识了明子的哥哥。

从吉川那儿，吉田了解到关于明子哥哥的各式各样的信息。

回家吃过晚饭，吉田又去了吉川的公寓。教训阿熏的事还是往后放放吧。

吉川的公寓在二楼，房间的玻璃窗上映出两三个人影，并传出大声的喧哗声。

——有客人哪。

不过，就这样回去太遗憾了。

吉田叫喊起来：

"吉川！"

吉川探出头看了一下，然后下楼跟吉田说：

"喂，你等一下，我正忙着呢！"

"我知道！明子的哥哥到底怎么啦？"

"连你也知道了吗？"

吉川的表情很惊讶。

"对小孩子来讲太难了，一时间说不清楚的。这一次桥本换工作了，不光是桥本，我也换了，两个人都去做推销了。嘿，也不光是我们俩，其他人通通都去了，哪怕不喜欢也不行。"吉川的声音越来越愤怒，"原因就是公司里进了电子计算机。桥本本来是打算盘的，以前一直在算工资，这可是了不起的差事。上千员工的加班费、健康保险、税金等等，加一笔、减一笔，一块钱的误差都不能有。可是，这些活，电子计算机一天就干完了。"

太吓人了！吉田脸色大变，连明子哥哥这样的珠算高手都被电子计算机赶出财会室了。

"所以大家聚在一起，正在商量办法，到这份儿上了，非组成有力的组织不可！"

吉田迷迷糊糊地听着吉川的话。

原先的梦想彻底地破灭了。本来，他还指望成为日本珠算高手，中学一毕业就能以优良的条件进入大和电机上班呢。

5. 过去、现在和未来，以及野蛮

六年级一班的教室里。

早苗正在读作文，她在朗读题为《过去、现在和未来》的作文。

　　我向叔叔打听了过去的情况。叔叔说，五十年前路上坑坑洼洼，一下雨，到处都是泥泞不堪，就跟在水田里一样，糟糕透了。我想起现在，城市里都是柏油马路，真庆幸没有出生在过去。

　　还有，听说过去家家都有桑田，可以养很多蚕，我家也是。从战争开始，因为缺少粮食，就没再种桑，改种能吃的作物。于是，桑田就变成了稻田、菜地。

　　战争结束后，又一度改回了桑田，可是蚕丝卖不出去，就又不种了。我问他们为什么卖不出去。说是因为尼龙、塑料这样的化纤产品的出现。

在种桑田的最后那一年，家里还赔了一大
笔钱。听说家里所有的蚕桑都是央求中间人贱
价处理的。

阿毅听到这里，若有所思——

这跟明子哥哥的情况好相似呀。

尼龙的发明，在一定程度上是社会的进步。可是，
因此早苗的家也遭了殃，还不止早苗一家，樱花市所有
养蚕的农家都遭了殃。哎呀呀……

发明电子计算机也是社会的进步，正因为如此，明
子的哥哥不得不转行干别的工作。

“跟以前不一样，加班少了，薪水也少了。”明子曾
经阴阳怪气地讲过，“还有，因为他一直没有做过推销，
做这项工作一点没有荣誉感，也缺少自信。”原先课外作
业代写公司的伙伴们跟吉田一起，听了明子的讲述。

吉田困兽犹斗般地说：

“我以为有一技之长就平安无事了。可是照这样子，
今后哪怕开发廊，都说不定会出现使用机器人的发廊
呢。”

三郎取出一张传单：

“有好多字我不认识，也不全明白。好像是跟这一次
大和电机的事差不多，我就带来了。”

明子读起了传单——

“反对电话程控化。话务员都失业了……哎呀，三郎的爸爸就在电话局里上班呢！”明子边看标语边解释道，“打出这条标语的是日本电话工会。现在，电话公司取消了由话务员转接的电话，全部换成程控式的。这样一来，就不再需要话务员了。还有这样的标语：‘为将来着想，不想退职，只想上班！’还有一句说：‘强烈反对牺牲工会成员利益的所谓合理化！’”

“什么是合理化？”

吉田问道。

没有人回答。大家都不明白完整的意思，只是听上去感觉不妙。阿毅颇感意外，阿毅知道合理性也就是不胡乱来的意思。这个词大多用在积极的场合。

可是，电话工会却主张不要合理化。是工会的提法正确，还是电话公司一方正确呢？

在阿毅的耳边又传来早苗朗读作文的声音——

> 过去往东京打电话时，要先去电话局申请，还得再等上一两个钟头。现在一申请马上就通，只要一用程控电话就能快速联络上，实在太方便了。

是啊，确实很方便呀。为什么电话工会要反对变得方便呢？

明子读着传单：

"有八千人失业。说是会雇用希望退职者，可是在四十天以前，就已经给电话分局内定了比例，要有多少名退职者了。即使希望退职者的数字跟比例不符，再不乐意也要强行解雇。我们要求进行团体交涉，也不予接受。根本就是无视我们劳动工人的权利。"

"这实在太难理解了。"

三郎说。

"跟你爸爸打听一下不就行了吗？"

"不行。我问过爸爸这个传单写的是什么，他却说，小孩子最好别打听。"

"哈哈哈。"美津惠大笑起来，"就连擅长抓新闻的三郎也被这件事难住了吧！"

"有八千人失业呀！八千这个数字比所有在大和电机上班的人数还多，是我们樱花小学学生人数的六倍以上呢。"

吉田惊讶万分地说。

听了吉田的话，阿毅若有所悟。他想象着，早操时在运动场上整齐排开的学生队伍。可竟然有六倍以上的大人会被通通解雇呀。以前一直没有感觉的八千这一数字的分量沉甸甸地压在阿毅的胸膛上。

——为了方便，八千人失业了。讨厌失业，电话工人这样主张。

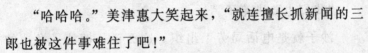

八千人里有很多人有家有小，乘上三倍就是两万四千人。

　　——让两万四千人陷入困境，还要图什么方便呢？

　　这样想着，阿毅好像明白了合理化的意思。在阿毅的脑海里浮现出在沙坑玩耍的自己的身影。把沙子撮进箱子里，为了装得平整，要用棍子把隆起的沙子扒拉掉，被扒拉掉的沙子就相当于这两万四千人。

　　——不要你们了，没用的废物。

　　可是，一旦被扒拉掉的是两万四千人，就非同小可了。这就是所谓的合理化。再说，沙子也会主张沙子的权利的。

　　"我们也要进箱子。"

　　沙子就是电话局劳工组织。这么说，把沙子撸掉的阿毅也等同于全日本电话总公司的大人物了呀。

　　"怎么样啊？"

　　老师的声音响了起来。早苗已经读完作文了。

　　森川回答：

　　"我认为调查得很仔细。"

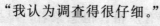

　　阿毅的思路从合理化这一点切入到早苗的作文，脑海里鲜明地浮现出远隔着太平洋的日本和美国的地图。一个远隔重洋的美国，因为发明了化学纤维，在日本列岛上种桑田的农民就会亏老本，这一点让他颇为震惊。在广袤无涯的地球上，社会事件如此紧密地联系着。阿

毅思考到这里时，良宏站了起来。

"下面我来发言，我代表我、阿毅和明子。"

阿毅和明子也站了起来。

良宏说：

"我们调查了过去和现在的不同，过去的孩子就像二战之前的二宫金次郎的歌中所唱的那样，要去砍柴，要搓草绳、编草鞋。"

良宏说话的腔调像唱歌似的，大家都乐了起来，良宏也乐呵呵地继续说下去：

"几乎没有玩的时间。我想，涌雾谷的佐平他们也不是一个劲儿地玩，而是在工作的间隙玩耍。因此，我们认为跟过去相比，现在好多了。有这样一首歌印证——"

三个人一起唱了起来：

采茶忙，采茶忙，

望见茶官更心慌，

茶官架子大如牛。

哧溜溜，哧溜溜，

停下手中活，脚下快开溜……

听完，大家都哈哈大笑着一齐唱了起来。

唱完歌后，阿毅开腔道：

"江户时代，将军们所喝的茶，每年都是从京都的宇治这个地方采摘的。当时的人们一碰到茶官，都要跪伏在地上迎接，也就是说，有时得跪在路边低头行礼。于是当地人一听说茶官要来，大家就都开溜了，所以就有了这首民歌。"

接下来是明子发言：

"对茶官毕恭毕敬行礼这种事现在不会再有了。所以，跟过去相比，现在好多了。不过呢……"明子咽了口口水继续说着，"在涌雾谷里的名为测试的考试，大多数人认为那种测试还有它前面的祭祀很过分，所以认为过去是野蛮的。可是现在也有考试啊。现在跟二宫金次郎的时代不同，孩子本来有玩的时间，可是一想到中考、高考，就非得去私塾补习不可了。所以，现在也仍然有野蛮的地方，这就是我们的想法。我们发言完了。"

明子他们坐了下来。两三个同学拍了拍手。多数孩子露出"这就完了吗"的疑惑表情。

俊夫举起手发言：

"涌雾谷的测试因为是让人丢掉性命的测试，才显得野蛮。现在的考试可不是那回事，因此认为现在野蛮，我觉得很荒诞。"

"是啊。"好多人应和道。

绿子质问道：

"所谓野蛮是怎么回事啊？"

"我们查过词典，词典里写着'文化上不开化；粗暴成性、蛮不讲理'。"

"现在是那种社会吗？"

明子、阿毅、良宏一时无言以对。

这时，铃木举起了手：

"我也调查过野蛮，我可以讲讲吗？"

"讲吧。"

"我也查过词典，上面的解释跟明子说的一样。接下来，我灵机一动，又查了一下成人词典，还有一层意思，就是'粗暴无礼、违反人道'。"

明子相当惊奇。铃木接着说：

"下面我读一读那之后我写的文章。"

铃木开始读了起来：

　　词典里写着"粗暴无礼、违反人道"。"粗暴无礼"的意思我能理解，"违反人道"的意思就不大明白了。我又查了一下词典。

爸爸问我："你在查什么呀？"

我回答："我在查'野蛮'的意思，还有'违反人道'的意思。"

"是吗？野蛮嘛……"爸爸停了一下，打开了话闸，"提起野蛮，就要说那场战争了。战争期间，日本军队把中国农村的房子烧了，把农民杀了，连婴儿也杀了。但是，不是任何一支军队都会干这种事。如此行径，肯定是属于那种违反人道的恶行。"

我想爸爸曾经当过兵到中国去过，了解得很深。

原先，当同学说出"现在才野蛮"时，我认为不是这样。可是，野蛮不仅仅发生在战国时代花忍者的村庄里，也发生在刚刚二十年之前的那一个战争年代里。

真是一篇不可思议的作文。

大家都惊讶得一言不发。明子不由自主地站了起来："我明白了。我们原先也想过'野蛮'这个词语除了写进词典里的意思外，确实还有另外一层意思。原先反正弄不懂，现在终于了解了。"明子深深地吸了一口气，脸涨得通红通红的，"那就是不珍惜人类。涌雾谷的测试

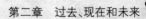

也好，现在的考试也好，我认为都是不怎么珍惜人自身的。"

这一回，拍手赞成的有好多人。

明子想，就到此为止吧，阿毅跟良宏应该是相当明白的。

令人高兴的是，三宫老师也开口了：

"是吗？野蛮还有不大珍惜人的意思，很有见地呀。"

"老师。"

美智子举起了手。

"说吧，山下美智子。"

美智子脸红红地说了起来：

"听过昨天的故事后，我记得我小声说过'过去真野蛮'。不晓得别的人怎么样，我是不厌其烦地认真思考过花忍者的故事。一开始想就觉得特别难，当我觉得有些厌倦时，听到有同学说'过去真野蛮'，当时我的想法是：是的，这样想就对了。还自以为跟现在没有关系。可是，今天在听了同学们的发言之后，觉得还有些事情值得进一步深思。"

是吗？是这么回事啊。阿毅心想。阿毅之所以受"过去真野蛮"这句话吸引，是因为对那样说话的人不经过大脑的态度而愤愤不平。这一点，他现在也明白了。

老师小结似的跟大家说：

"山下说得不错。这段时间大家都把充分调查和认真思考过的东西讲了出来，我听了也很高兴。"

下课铃响了起来。

铃木和早苗朝明子乐了乐，美智子随后也害羞地笑了。

（注：文中早苗的作文选自发表于一九六二年的《柏市土小学研究集录》第二辑。有一部分做过修改、加工，在此深表谢意。）

6. 三种未来

下一堂课的时间到了，三宫老师说：

"好了，本节课我们谈一下未来。"

这时，三村站了起来。

"老师，别老谈了，还是好好上课吧。我到学校里是来学习的。"

教室里的空气一时凝固了。

大家都以为老师要发脾气严厉批评三村了，可是老师的语调还是一如往常：

"现在我们做的就是很重要的学习呀，三村。"

"老师，我要考东京的 K 中学，不好好学习是考不上的。"

"要是光为了考试而学习，那你就一个人做功课吧。"老师带了一点威胁的语气说道。

可是三村一点也不害怕，面不改色地说：

"好的，就这么着吧。"

三村坐了下来，熟练地翻开私塾的习题集做了起来。

——哟，三村蛮了不起呀！

阿毅不由自主地打量着三村。对阿毅来说，这样的学习很生动、很有趣。但他还是打心眼里佩服三村：他敢于把自己想说的话充分表达出来，并坚持不懈地做下去。

三宫老师听任三村做习题，继续询问大家：

"今天我在听大家发言的时候，没见有同学思考一下未来，这是怎么回事呀？"

俊夫挠了挠头，说：

"提到未来，人们会自由进出太空，会在海底修城铺路，会出现速度极快的车子……这些情景会马上浮上心头，不过那全都是漫画、电视里描绘的情景。"

阿毅心想，俊夫说的跟三郎想的完全一模一样。

老师说道：

"是啊，我来读一首内容上有点相近的诗歌吧。"

老师读了起来：

二十年后，

我乘着火箭去月球旅行。

要建一所带泳池的大房子，

还要在院子里挖池塘；

还要买汽车；

那时我是社长。

"大家谈一谈感想吧，你说说，吉冈。"

"我想把未来跟自己的将来联系起来写，这样考虑未来更好一些。"

"嗯，有道理。"

可是，大家谈的感想无法完全进入阿毅的耳中，阿毅满脑子回响着三村说过的话。

这时，老师突然提问道：

"村山，你怎么看这首诗？"

阿毅像弹簧似的跳了起来：

"哦，是啊，我想大部分人都没法当上社长。"

大家哄堂大笑。

阿毅慌忙解释道：

"大家觉得好笑，可是大和电机的社长就只有一个，在那里上班的却有几千人呢。在其他城市也有大和电机的工厂，厂长也是上千人里才有一个。还有，女孩子基本上当不了社长。"

"也有女社长啊。"

有一个人纠正道。

"可是太少见了。就算是男人，一般人也很难当上社长，所以我认为这首诗太奇怪了。"

"说得蛮有意思。那你们怎么看大家不想当职员，而想当社长呢?"

三宫老师打量着全班。

这时良宏说话了:

"我就不想当社长!"

"为什么? 为什么不想当社长?"

三宫老师追问道。

"社长很操心啊，为了公司能赚钱，任何时候都得小心谨慎、劳心费力，普通的员工就轻松多了。"

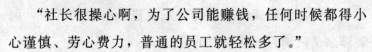

"不是社长就住不上带露天游泳池的大房子呀。"

有一个人说。

女孩子也唧唧喳喳议论起来。

"不当社长，当影星、电视明星、歌手，一样可以住上有游泳池的大房子。"

各种的肤浅议论飘进明子的耳朵里，明子举手道:

"老师，像刚才阿毅说的那样，能当社长的人很少，能当歌手明星的人也是万中挑一，甚至是几十万人里才有一个，所以我看大部分……"一边说着，明子一边为自己的话感到吃惊，先前还以为自己的未来无限广阔，说着说着突然有了一种压迫、困窘的感觉，"大部分的人是没法拥有带泳池的大房子的。"

明子快速说完，坐了下来。大部分人里也包括自己啊，所以明子说出了这层意思，或许这辈子是不可能住上带泳池的大房子吧。

"说得好。"三宫老师点了点头，继续问，"桥本明子，你说说。你有没有想过去月球旅行、住大房子的生活，还是根本没有想过？到底是哪一种？"

"我呀，既想住带泳池的大房子，也想去月球旅行，可是呢……"明子嘴里嘟囔着反问道，"老师，哪怕火箭再进步，能去月球的宇宙飞船，船票肯定很贵吧？"

大家轰地大笑起来。明子羞红着脸朝下望着。

阿毅站起来嚷道：

"为什么笑人家？！笑人家是很失礼的。"

"觉得很奇怪，笑笑也没事吧？！"

宫平站起身来，回敬道。

这当儿，老师严厉地说：

"两个人都坐下！"

声音震得窗户的玻璃嗡嗡颤动着。

教室里安静了下来，老师说：

"我并不认为，对别人的回答无论如何都不能笑。笑一笑也无妨啊。不过这时，心里要清楚，回答者本人身上引人发笑的理由。刚才村山正心不在焉，被我一点名，

他大吃一惊地答非所问。那时大家都笑了，这一笑，村山马上就明白了过来，随即认真作了一番解释。可是这一回却不同，为什么桥本明子的答案会引得大家笑呢？高桥，你说说看。"

高桥宫平把座位弄得嘎吱嘎吱响，站起身来，一副气鼓鼓的样子：

"我不懂！"

"可你说过很奇怪才笑的嘛。"

宫平不以为然地点了点头

三宫老师是一位比想象中还要严厉的老师啊。这样想着，阿毅望了望宫平高高的个子。

宫平五年级时跟他不在一个班，他是一班的捣蛋鬼，任何时候身边总有几个老一班的伙伴，四五个人像哥们儿似的前呼后拥。

老师继续说着：

"你笑了，可没有好好讲出你笑的理由啊。"

"是啊。"

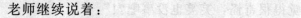

"好了，从现在开始，我要向其他同学问一问他们发笑的理由，你就好好听听他们的发言。这节课结束时，你再说一遍。坐下。"

老师恢复了笑脸望着大家：

"好了，你们刚才为什么觉得好笑？能说出理由的请举手。希山，你说。"

"我想，我们去月球旅行根本就不需要出钱。当时，明子猛地说出钱来，我就觉得很奇怪。"

　　"那为什么会不要钱呢？"

　　"是这样的，老师。去月球旅行那是电视、漫画里讲的故事，既然是故事里的事，不花钱也行啊。"

　　"是啊，现在有两种未来。一种未来是电视和漫画里出现的那种，宇宙飞船和人造卫星十分活跃的未来；另一种未来是自己的将来。一想到自己的将来，钱就显得很重要，桥本明子是认真思考过自己的将来，所以就出现了没法去月球的答案。现在就是这样，去美国也好、去欧洲也好，只要坐飞机马上就能去。可是呢，我哪怕把一个月的工资全部掏出来，也没法买上一张单程机票。实际上，无法出行的人还是很多的。"

　　老师又说：

　　"我再问一个问题，希望将来能当社长的人请举手，实际能当还是不能当先不管。"

　　男孩子三分之二以上，女孩子几乎一半都举起了手。

　　阿毅迟疑不决了，老师说过先不管能不能当上，可是不能当是明摆着的嘛。

　　——我可是曾经当过课外作业代写公司的社长啊！

　　阿毅这样一想就停住了举手。一眼望过去，良宏没举手，明子也没举。

　　"好了，希望当社长的人占多数。不过像村山所说的那样，能当上社长的人是少数。既然是一种幻想，大家再考虑一下怎样才能当上社长啊?!"

对于老师突然提出的这一问题，同学们都一脸迷茫。

俊夫问道：

"大家都当了社长，那干活的人就没有啦。呃，社长也不是光玩的呀。刚才有人就说过因为社长责任重大才不想当社长嘛。"

俊夫摇了摇头，缩下身子。

绿子站起身来：

"我认为，正因为有责任才有干劲。"

"那你是说，工人就没有干劲了？大家回家之后问一下爸爸或哥哥吧，问问他们现在干的工作，是不是一点儿劲头都没有？"

当时就冒出了一个答案，回答的人是智惠子。

智惠子满脸通红，眯着眼说：

"我姐姐在幼稚园上班，她是幼稚园的阿姨，不是公司职员。可她从学生时代开始就一直坚信那是很有干头的工作。现在她还喜欢这份工作，虽然工资不高。她常说，要是工资稍微高点儿，就什么怨言都没有了。"

智惠子说得十分认真，一口气说完了。

"是啊，所以你们再认真考虑一下，关于当社长这件

事。我过去以为社长就是薪水高，工作有劲头儿，受人
尊重。也就是说，幼稚园阿姨也好，职员也好，甚至包
括这首诗的作者，其实都是非常羡慕社长的地位和他的
头衔的。本诗作者把希望创造丰富人生的理想，通过去
月球旅行和想当社长的话语表达了出来。

　　"人人都有这种情愫：希望自己像鲜花一般艳丽地绽
放，让自己的人生过得丰富充实。正因为怀有这种期待
的情绪，作者才写出了这首诗。我想哪怕是本诗作者，
对社长一词所包含的内涵，也要更加深刻地思考一番。
大家也一样好好想想吧。"

　　阿毅脑中蓦地掠过一个念头，竟然跟老师现在所说
的事离题万里。

　　对啦，有没有第三个未来呢？两三天之前，在原先
是荷塘现在改造成加油站的地方，明子就说过："要是我
们是未来人，未来会考试吗？"那时，明子连自己都没有

觉察到，那是一种既不是自己的未来也不是宇宙飞船和
火箭出现的未来，她思考的是第三种未来。

　　——幻想虽然不美，说不准真会出现一种没有考试、
没有课外作业的未来呢。可是怎样做，这第三种未来才

会降临呢？

　　或许，无论什么样的未来，孩子们都无法摆脱考试
和课外作业吧。

　　不过还没来得及仔细思考，下课铃已经响了。

（注：文中三宫老师所读的诗引自长冈市四郎丸小学土田正规的作品，发表于一九六二年。经过一点润色和一点增删才采用的。在此谨作说明。）

7. 把学校和家庭看成地狱

"喂，三郎。这张纸上乱写些什么？"

望着桌前墙壁上贴着的纸条，父亲问道。

"哦，那不写着嘛！"

"什么？你居然敢用这种态度跟我说话？"

声音有点生气了。

三郎这才停止制作塑料模型，抬起头来。

墙壁上的纸条上写着两句标语：

　　自己的计划务必要实施

　　把学校和家庭看成地狱

"那是今天老师上课讲的。"

父亲扫视着墙上的纸和三郎的脸：

"是真的吗？"

"千真万确。要是你认为我撒谎，明天你打电话去问老师好了。"

三郎无奈地坐在爸爸面前。

　　"自己的计划务必要实施，这很明白。可是三郎，地狱你了解吗？"

　　"知道，那是阎王爷和小鬼住的地方。活着时作恶多端的人就会进地狱，会挨狼牙棒一顿猛揍，会被逼上刀山的。"

　　"那么三郎呀，你的家庭或者说我的家——都是一个意思，我们这里有鬼吗？爸爸、妈妈、哥哥和妹妹三重子，还有你，哪里有什么鬼怪呢？"

　　"不是这个意思。是讲在学校也好、在家里也好，哪怕你觉得再苦再累，也要努力学习，不拿出被牛头马面追赶的劲头去学习，考试是会不及格的。"

　　"是吗？那就改写一下吧。把我们的家说成地狱总让人不舒服。"

　　父亲站起身来说道。

　　三郎把标语改成：

在家庭和学校都要努力学习

他贴在墙上仔细一瞧，仍觉得不得要领。

客厅里父亲母亲聊天的声音传了过来。

"老师真过分哪，说地狱什么的。"

"也就是要好好学习呀，没什么的。哎呀，又是私塾、又是考试、又是课外作业，孩子都被压得喘不过气来了，说成是地狱也不假呀。不过呢，那小子还在很轻松地做模型呢！"

——也没那么轻松吧。

三郎心想。

这时，母亲说道：

"就让他偶尔轻松一下吧。"

——哎呀呀，完全大错特错了。

三郎轻轻叹了口气。哪怕是在做模型，自己内心深处还是有着挥之不去的紧迫感。这一点，父母亲竟然一点没觉察。也就是说，父母亲根本不明白地狱是在三郎的心中。如此想来，三郎不由得大吃一惊。

——咦？我的心中有地狱吗？

他好像领悟到什么，就像母亲所说的，又是私塾、又是考试、又是课外作业，三郎的外围形同人间地狱。而且，它们还渗透到内里，三郎的心就随之变成了地狱。

三郎闭上了眼睛，内心的地狱呈现在眼前。在人体解剖图上展示的胃的底部，混沌不清，一片阴沉沉的。一个小孩，孤身一人，在流淌着血液的高耸而险峻的山岭上爬行。厉鬼的影子虽没看到，孩子还是感到追兵不断。从模糊一片的底部传来无数孩子的哭泣声。

——所谓的地狱确实像爸爸所说的，一点也没意思呀。

三郎开始了思考。说地狱一词起因就是要发奋学习。但是提起学习，三郎觉得有点像储蓄似的，现在拼命地积累知识，以后就自在了。也就是说，在参加工作之前一直都是积累的过程。

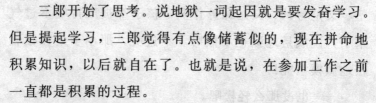

就算上班了，一旦遭遇解雇该怎么办呢？如此思来想去，三郎若有所悟：

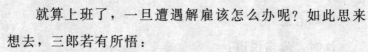

为了成为不被别人解雇的人，而成为解雇别人的人，就得拼命学习、学习。

三郎觉得有点傻气，真正的学习的意义好像躲在别的什么地方。

要是储蓄就免了吧，钞票还可以拿来现在用。

三郎取下墙上写着标语的纸，揉成一团丢到纸篓里。

8. "过家家的痕迹"

学校跟家庭真的是人间地狱吗？

明子打开课桌上的习题集和练习本，却无心学习。从美津惠那里听说的这句话，占据了她的脑海。这话确实叫人讨厌，可是又好像给人一语道破的感觉。家里的兄长们所期待的，就仿佛千钧重担，令人感觉沉重不堪。

——调整一下气氛吧。

明子把学习置于脑后，哗啦啦地浏览了一番从图书室借来的书，这是一位叫平家武二的人写的童话。里面有不少简短的故事，明子不知不觉地被其中一则故事吸引住了。

标题是《过家家的痕迹》。

　　在横跨乡间溪涧的小石桥上，清子和玉子正在玩过家家的游戏。在桥头的石栏杆上，她们用小石头砰砰地砸着艾蒿、鸡肠草和红饭，还把它们放在树叶做成的碟子里，打算饱餐一顿呢。

认真一瞧，石头栏杆上真的凹下去一小块。

清子和玉子每天都在这里敲打，才凹下去的吧？

作者在文中这般追问着，并试图解释原因。

不是，光是她们这样敲打，石头不会凹下去。在清子她们过家家之前，早就有人在这里玩过过家家。

在同一处栏杆的相同地方，不断有人在上面砸过野草。

说不定，清子的姐姐小时候就在那里砸过草。

说不定，她的妈妈小时候就在那里砸过草。

说不定，玉子的阿姨过去也在那里砸过草。

所以，那地方就凹下去了。

那里的村庄基本上都有这种小石桥。

田地旁边的小河上就架着这样的小石桥。

有没有因为过家家而凹下去的地方？去看一下栏杆吧。

再看一下，有没有过家家的痕迹吧。

明子一连读了好几遍，一种无比舒坦的感觉传遍全身。她的眼前浮现出一座乡间的小石桥，还有在桥上砸草的女孩的身影。

哪里？何止她们两人？在两人后面的旷野里，在绿草掩映的小路上，女子的队列，时隐时现、络绎不绝。那是清子和玉子的妈妈和阿姨们。队列的尽头跟蓝黛色的山体融成一片。

——数百年来都在玩过家家呀，一直到石头凹陷下去。

明子呆呆地愣了一会儿，她站起身，来到电话前，拨通了阿毅家的电话，对接电话的阿毅说：

"请你陪我一起走一次，辛苦一下，去看一次石桥。"

"好啊，哪里的石桥？"

"我也不知道在哪儿。"

"哎呀，你说什么啊？"

"一两句话讲不清楚，明天再解释吧。"

接下来，她分别给三郎、美津惠和良宏挂了电话。三郎不在家，她拜托接电话的三郎妈妈，等三郎回来就让他回电话。

第二天午后，课外作业代写公司原有的成员都围坐在阿毅家餐厅的大桌前。正好文男也在。

三郎开口问：

"要做什么事？快点儿告诉我呀。我太想知道啦，都快急死了。"

"你们听我念一段故事。"

"什么？有什么事呀？"

在三郎惊愕之余，阿毅说：

"听完之后就有事儿做了。"

明子开始朗读着，大家侧耳倾听。

……

明子读完了。

"没什么大事嘛。"

三郎正想开口，美津惠抢先道：

"哇，太好玩儿了。说不定阿姨的阿姨也在那地方砸过草呢。"

良宏说：

"是啊。从很久很久之前的远古开始，女孩子就一直在玩过家家呢。"

——是这么回事呀。

三郎感觉到略略明白了些什么。

这一回，阿毅说道：

"我们去寻找那样的石桥吧。"

"嗯。"明子点了点头，"我想，往落合川那边去可能会有吧。可一个人去有点不敢，大家一起去就开心多了。"

这时，文男说：

"我知道有一座小石桥。"

"哦？真的吗？"

明子吃了一惊，阿毅也惊叹出声来。

"可不是真的嘛。有一座好古老的过去的桥。"文男详尽地说明道，"在桥头还有一座古老的石塔，我跟良冈他们一起去过呢!"

"是啊，我好像听人讲过塔桥的故事。"

良宏补充说。

"那么说，准确无误了。"

阿毅站起身。明子说:

"文男，谢谢你。"

"我还是有用的吧?"

文男开心地说。

三郎接着讲:

"好了。我们乘坐时空梭，朝过去出发!"

大家来到外边，骑上自行车。

文男领头，六辆自行车穿行在乡间。他们骑过住宅区、横穿新国道，进入另一个小学的校区;接着，他们骑过田间小道，经过住宅区；随后，他们穿过一条乡间小路、一条还没铺好的农场森林里的小路，还从高高的消防塔下经过。

"快到了！"

文男喊道。

从葫芦形状的水塘附近沿斜坡往下，两旁都是菜园和林地。下了斜坡，有一条小河，那上面就架着石桥。桥头不远处耸立着一座古色古香的小石塔。

阿毅和明子专心地看着刻在石塔上的文字。

"写了些什么呀？"

"……可惜只认识石这个字。"

正好这时从对面来了一位阿姨。阿姨朝孩子们微笑着，她合着双手朝石塔行礼。

三郎朝行礼完毕的阿姨问道：

"这里写了些什么呀？"

"写着回国石桥供养塔。"

"回国？"

"石桥供养塔？"

谁也不知道什么意思。

"回国就是围绕家乡的意思吧。你们有谁带纸和笔来了吗？"

明子拿出练习本和铅笔。阿姨在练习本上写出"回国石桥供养塔"几个字，还作了解释：

"在过去的日本，把相当于现在的县，都称做藩国。全日本有六十六个藩国。围绕着这些国，在著名的寺庙里分别收藏着一帖经卷，这就是回国。作为纪念还建了石桥和石塔，并刻字于这座石塔上。"

"哎呀，这还是头一回听说。"

大家都惊讶不已。

接下来，大家都蹲下来看着石桥上低矮的栏杆。从河那边忽然飘来一阵非常清爽的气味。

"没有啊，没有用石头敲打的痕迹。"

"我这边也没有。"

"哎呀，你们在找什么？"

阿姨这么一问，明子就向她问道：

"阿姨，在这座桥上你有没有玩过家家打野草的游戏啊？"

"你问的可真有趣啊。在桥上可不能打呀。我是在邻村长大的。小时候，在寺庙的佛龛下的石阶上还真打过。可是到我长成少女时，就不再打草，而是割草了。当时，河水清悠悠的，小鱼满河游动，萤火虫漫天飞舞。想起来了，我出嫁时，生长在这里的阿姨还告诉过我，说是一群唱着摇篮曲哄婴儿的女孩子聚在一起，在寺庙佛龛下的石阶上还打过草呢。你们看，就是那边的寺庙。"

阿姨用手指着沿河住宅区对面郁郁葱葱的树林。

"谢谢你。"

大家朝寺庙的树林那边匆匆赶去。

从林间小道进入庙宇的院落内，庭院里有两处灯笼台，两处都是崭新的。

——弄错了吗？

明子惊愕不已。

不一会儿，传来文男激动的声音：

"在这里！"

文男站在从寺庙正面台阶往下走的地方，石阶旁有一座佛龛。

大伙儿赶了过来，文男得意洋洋地背诵道：

"有没有因为过家家而凹下去的地方？去看一下栏杆吧。再看一下，有没有过家家的痕迹吧。"

明子打量着石阶，扬声叫道：

"噢，这个。对呀！"

"喂，这里也有。"

美津惠喊道。

男孩子们也打量着石阶，确实有零零星星几小块凹陷下去的地方。明子用手摸着粗糙的石头低凹处，兴奋不已：这正是"过家家的痕迹"呀。

良宏绕到佛龛后边，念起了刻在上面的碑文：

"天××六年……"他转过脸来问道，"这是建桥的年号吗？听说过这个年号吗？"

"这个年号不清楚，肯定是比明治更早的年号吧。"

阿毅说道。

明子举目四望。

在寺庙前面有一条路，从那条路往下有一处还没铺好的斜坡，在斜坡的尽头有一排小平房。房屋对面就是河流，河流对面的山崖上，紫色的杜鹃花圃、绿油油的萝卜地和浅绿色的杂木林一览无余。通往住宅的小路旁，随处都是杂草丛生。

"我们去玩过家家吧。"

明子朝草坡跑去，去采摘鸡肠草、艾草和宝盖草。文男和美津惠跟在她身后在草地上寻找着。

摘到青草回到佛龛处的三人，把青草放在石阶上，用小石头开始砰砰地砸了起来，野草的香味顿时飘了出来。

"啊，"明子不由自主地说，"味道真香啊。"

美津惠说：

"三郎，再去摘一点叶子来吧。"

"好的，我去。"

三郎答应着跑开了。

三个人又惬意地继续打草，野草冒出浆汁，逐渐软下去，缩成一团。

"还不够啊，我们去摘。"

这一回，阿毅和良宏跑了过去。

专心敲打着采摘来的野草，明子仿佛觉得：从遥远的过去开始，自己就在这里打过野草，依稀还有背上背

着婴儿的感觉。周围的孩子们也成了背着婴儿照看幼儿的大孩子。

仿佛阴霾一般曾经占据明子脑海的"把学校和家庭看成地狱"的那句话，早已荡然无存，完全消失。

明子享受着从树叶间洒落下来的缕缕阳光，微微地冒着热汗，沉迷在不断飘来的野草的芳香里，陶醉在轻轻的砰砰砰的敲打声中。明子整个身心感到无比舒畅。

回去的路上，阿毅开口说：

"过去背着婴儿的女孩子们就在那儿玩过家家做游戏呢。她们边照看孩子边玩耍。"

三郎开口说：

"那男孩子们做什么呢？"

美津惠回答道：

"该不会是帮着种田吧。"

良宏说：

　　"过去的男孩和女孩都要帮忙干农活，不可能那样玩。"

　　——不过呢……

　　明子猜想。

　　——过去或许会更轻松点儿。如此一来，"过去真野蛮"这话就实在不能轻易说出口了。

　　可她实在没有勇气再想下去，她只想沉浸在现在这种轻松愉悦的情绪里。

　　文男欢叫道：

　　"今天真高兴啊！"

　　"嗯，我也是。"

　　美津惠也是乐此不疲。

　　（注：平冢武二所著《过家家的痕迹》选自童话集《流星》。一九六五年六月，实业日本社出版。）

9. 美津惠的大发现

可是，高兴的日子并不是每天都有。

那之后，过了四五天，美津惠在住宅区里晃荡着，心里念叨着：

"讨厌！真讨厌！"

起因是这样的：最近，吉田精神不振。自从作为珠算高手的明子哥哥转职到推销部以来，他便一直如此。所以美津惠和阿毅考虑叫原先课外作业代写公司的成员组成一个安慰吉田的小组。于是，今天两人在阿毅家里跟大家通电话。以前一起去看"过家家的痕迹"时，大伙儿能马上集中起来。可今天却没有那么简单。

这四五天里，良宏和三郎去私塾补习，明子也一周去三回。三郎口头上是说过："什么时候停止补习了再聚吧。"可他一进私塾，就觉得逃课不好，所以还是得考虑更合适的时候。吉田是去珠算班进修，跟大家的时间根本凑不到一块儿。只有星期天才合适，可是本周日吉田那边又抽不出空儿。

于是，美津惠懊恼不已，决定回家。

她不由自主地嘟囔着：

"讨厌！真讨厌！"

并不完全只是因为大家无法集中。美津惠上六年级之后，好像每天都有测验。听说马上又要开始补习了。而且还有人乱传，说美津惠也要去私塾。

只有阿毅还成天玩个不停。

"就算开始补习，我还是考不上的。爸爸也说过，考不上也没关系。"

他爸爸既已如此，三宫老师就不再怎么出课外作业题了。因此，阿毅可以尽情地玩。而美津惠回家后就必须做作业。到了六年级，石川老师好像在拼命出题似的。

——都到了需要课外作业代写公司的程度了。

边想边走，身后有两个孩子跑了上来。是阿毅的弟弟文男和吉田的弟弟健吉。他俩正嘻嘻哈哈打闹逗乐呢。

美津惠招呼他们：

"到哪儿去啊？"

"去幼稚园，去接星芒啊。"

"哟，星芒都上幼稚园啦？"

"是啊。最近好不容易才进去。都是我负责接送。"

健吉说道。

"我有时也一起去。美津惠姐姐，你也去吗？"

美津惠晓得星芒。在开课外作业代写公司时，曾经受吉田之托照看过他。

"是什么幼稚园啊?"

美津惠问道,一边往前走着。

"是樱花之子幼稚园。"

"好名字啊!"

"光是名字好听罢了。"

文男一副若有所思的样子说道。

走了十五分钟,三人才来到幼稚园。

树干上涂着白色防虫水的低矮树木围成了一圈篱笆,里面有运动场,也有木造的建筑物。运动场上还有小小的攀登架,小小的沙池。而且,建筑物只相当于两间小学教室的面积,看上去显得很挤很小。

攀登架上有三四个小孩子在爬着,沙池里也有四五个孩子在玩耍,还有孩子吊在小小的铁棒上玩。在秋千上玩的孩子,由老师照看着。

"这里这么好玩,真可爱啊!"

"美津惠姐姐，你竟然还说这儿好玩？瞧瞧吧，太窄了，小得有点过头。"

文男依然是一副少年老成的语气。听他这么一说，再看看那些骑着三轮儿童车的孩子，他们稍一加速马上就到运动场的尽头了，一不小心就会跟在那里跑步的孩子撞个正着。

美津惠回忆起了自己在幼稚园的往事。美津惠是坐公共汽车上幼稚园的。那家幼稚园确实大多了，孩子的数量也多，在玩耍时，还是常常会挤成一团。

美津惠有所觉察。

"文男，是从谁那儿听说这家幼稚园又挤又小的吧?!"

"哟，你还蛮清楚嘛。美津惠姐姐，问过可爱老师了吗？"

"可爱老师？哦，是智慧子的姐姐吧。"

可爱老师正在保育室里被孩子们团团围着，在演纸人戏呢！其中就有星芒。

往隔壁房间一看，在堆积木的孩子们身旁，老师正蹲下身子说着什么。这时，这位老师和玩着纸人戏的可爱老师重叠在一起，背上背着婴儿照看幼儿的孩子们的身影也浮现出来，美津惠像电击般深受刺激。

过去照看幼儿的孩子，就是现在的幼稚园的老师啊！

不过，准确地讲，还是略有不同。过去那些照看幼儿的孩子，是跟美津惠一般大小的孩子，还正是一心想

玩过家家的年纪呢。幼稚园的老师更年长些，而且，既然已经称为"老师"，他们还要教小孩子们不少知识呢。

不过，在美津惠脑海里，浮现出这样动人的画面：跟美津惠差不多大小的照料幼儿的孩子，放任蹒跚学步的幼儿在草坡上坐卧爬滚，"蝶儿，蝶儿，噢噢噢"、"摘呀，摘呀，一点点"地叫闹不停。在照看幼儿的过程当中，边跟他们玩耍，同时也教会了他们不少东西。

在佛龛周围，从背篓里抱出来的不少小毛孩，有的相互追逐嬉戏；有的跟地上的蚂蚁玩，阻止它们行进。

——幼稚园老师的原型，肯定就是照料幼儿的孩子呀。

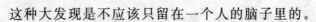

因为这一大发现，美津惠全身麻木了，有好一阵子她都无法动弹。

这种大发现是不应该只留在一个人的脑子里的。

当天晚上，美津惠就跟明子、阿毅、良宏通电话，跟他们说了这一发现。三个人都在电话的那端惊叹道："真了不起啊！"

接着，三个人又把这一趣事，告诉了最近因为发表文章的关系同他们亲密起来的早苗和铃木。

那两位也想看看石桥供养塔和"过家家的痕迹"，大家一致决定这个周日一起再去一次。

10. 野蛮是什么？ 未来是什么？

　　星期天，当然三郎跟文男也参加进来，八辆自行车朝着石桥供养塔驶去。骑到石桥边，就发现有人正对着石塔拍照呢。

　　骑在前头的三郎喊了起来：

　　"啊，三宫老师！"

　　大伙儿都叫了起来。

　　"三宫老师！"

　　老师朝大家挥挥手。

　　停下自行车，三郎问道：

　　"老师，您怎么来这儿了呀？"

　　"噢，因为我要编写《我们的城市·樱花市》，就来看石桥和供养塔了。"

　　阿毅问道：

　　"说到城市的历史，'过家家的痕迹'也会收进去吗？"

　　"什么？'过家家的痕迹'到底是什么？"

　　"老师还不知道哇？是明子最先发现的。"

三郎说罢，文男不服气地说：

"第一个发现的是我！"

"噢，对不起，对不起，你说得对。"

文男情绪有了好转。

"不过呢，说是发现不准确。因为它本来就在那里，阿姨们都知道的呀。"

老师露出云里雾里的表情。

良宏对此有所觉察，开口道：

"总之，去看看吧。"

在途中，明子解释了"过家家的痕迹"的来龙去脉。

一到寺院，老师、铃木和早苗小心翼翼地抚摩着"过家家的痕迹"，老师对着碑文念个不停，早苗和铃木只顾一个劲地反复大声欢叫：

"真了不起啊！"

老师把"过家家的痕迹"呀，佛龛呀，寺院建筑呀，以及周遭的景色都拍了照，最后，还让孩子们一起坐在石龛前面，拍了一张合影。

接下来，大家坐在前殿的石阶上，一边品尝着自己带来的点心和果汁，一边畅谈不已。老师也带来了茶和软糖。

美津惠告诉老师：

"我也有一个发现。就我而言，还算一个大发现呢！"

"哦？什么样的大发现呢？"

　　"过去在这里玩过家家照料婴幼儿的孩子们，就是现在幼稚园老师的鼻祖啊！"

　　听她这么说，老师"嗯，嗯"地低声应答着，并说：

　　"果不其然，确实是大发现哪！你让我长见识了。这件事跟'过家家的痕迹'，都要一起写进书里去。"

　　"太妙啦！"

　　美津惠兴奋异常。

　　接下来，明子问老师道：

　　"我在这里用石头打草时，感觉特别轻松、舒畅。过去照料婴幼儿的孩子们既然这样轻松，那么，'过去真野蛮'的话就不能信口开河地说了。我以为，就算在过去也有不野蛮的地方。"

课外作业代写公司

"是啊，《花忍者》里的父母亲、年长者和伙伴们，就一点也不野蛮嘛。我以为，现在也好、过去也好，人情是不变的。"

早苗说道。

老师回答说：

"我也是这么想的。任何一个时代都有好的一面，也有不好的一面，只不过某一方面显得更突出一些。但还是无法简单地判定是野蛮还是不野蛮。在社会和人世间，某种野蛮一直在延续着；另一方面，要珍惜人自身的人文精神，也一直在延续着，并发扬光大。过去，想玩耍的孩子一边照看幼儿，一边还哼唱歌谣。现在能办幼稚园，在某一点上就是社会向好的方向发展的表现。我认为，人类基本上也是在曲折中前进的。"

从明子嘴里自然而然进出了以前就有的疑问：

"花忍者的时候，无法通过种花来生活度日。现在却可以了，为什么？"

"我没法给出直接的答案，就谈一谈我是怎么想的吧。"老师慢条斯理地说，"现在的人靠种花就能维持生活，是因为买花的人手中有闲钱了。在花忍者时代，除了腰缠万贯的商人和权贵们，普通人是没有买花的闲钱的，这是其一。再说了，那时花也用不着买，漫山遍野都是。"老师一个一个问题地剖析下去，"其二，种花的人们，也不是把山野里的花拿来直接栽种，而是经过长年累月的精心栽培，才培育出的更美的花卉。要知道跟山野的花完全一样，买的人自然没有那么多。"

明子一听到"经过长年累月"，突然一道耀眼的光芒照彻了她的内心深处。

接下来是铃木发问：

"老师，您认为什么样的事情是野蛮的呢？"

老师喝着茶回答道：

"铃木的爸爸所说的'提起野蛮首推战争'这句话，我是非常赞同的。有了观点相同的人内心就更加坚定了。且不说遥远的过去，这个二十世纪就有不少野蛮的行径。

最野蛮的该是日本侵略中国和东南亚的战争。举例说明的话，在中国的南京，就有三十多万手无寸铁的普通市民惨遭杀害。"

"可是，我叔叔也在那个战场上阵亡了。"

早苗说道。

"我的哥哥也战死在那里啦。是日本这个国家，把我的哥哥还有早苗的叔叔编入军队、拉进战场的。关于这件事还有待更深入的研讨。"老师继续说，"那场战争是世界大战的局部。当时，作为日本的同盟国、跟英国、

美国开战的德国，也一样干出了野蛮的行径。他们把犹太人集中起来全部送进毒气室毒死，仅仅因为他们看不起犹太人。此外，还有——"老师说，"原子弹爆炸事件。美国往日本的广岛、长崎扔下了原子弹，夺走了超

过二十万人的生命，把城市炸成了废墟。"

好一阵子大家都沉默不语，唯有初夏明媚的阳光照在这些沉默者的头上。

铃木开口了：

"既然如此，老师，你会认为现在比过去野蛮吗？"

"仅凭这些，仍然不能简单地得出答案。就像刚才所说的，我认为大致上讲，人类的历史是一部不断觉悟的历史。"老师喝了口茶，又谈了下去，"在人类身上也有一种力量能够超越野蛮。就像最近阿毅他们这一组发言中讲的，在江户时代农民必须得朝大名的队列低下头、对茶官驿使行跪拜礼。可是人们还是认为这太奇怪，慢慢就取消了。"老师从包里取出笔记本，边翻看边说，"法国有一位名叫阿尔贝尔·加缪的小说家，他的作品在日本被广泛翻译，是一位世界知名的作家。原子弹投向广岛是八月六日，加缪马上以《广岛》为标题在八月八日的报纸上发表了一篇精短的文章。在那篇文章里，他把报纸和广播关于原子弹爆炸的各种言论，归纳为一句简短的话，即'机械文明已经到达野蛮的最后阶段'。不好理解，是吧？"

"嗯，是有点难。"

三郎回答。

阿毅也跟着说：

"有点难，可大致上也能理解。"

"好，我继续讲。那时，在跟日本开战的美国和欧洲
各国里，欢呼投放极具破坏力的原子弹的报道肯定相当
多。与此不同的是，罗马教皇的报纸则强烈指责了使用
这种新型炸弹的行为。在此情形下，加缪指出，通过投
放原子弹，我们要牢记的是，一个足球大小的炸弹，足
以让任何一个国际大都市瞬间灰飞烟灭。怎么说呢，大
家闭上眼睛想一下吧。大家想象一下，就在一瞬间，一
个比我们樱花市更大的城市消失了，数十万人被杀害，
还有数十万人伤痕累累。"

　　老师闭上了眼睛，大家也闭上双眼。

　　"哇，太恐怖了！"

　　早苗惊恐地叫喊了起来，大家都把眼睛睁开，每个
人都因为想象而浑身颤抖、脸色泛红。老师接着说：

　　"加缪的想法是，原子弹的发明就是野蛮的最后阶
段，也就是说，人类已经到了末日了。我的看法也跟加
缪所说的观点相同。上一回，铃木说过野蛮就是违反人
道；明子说过野蛮是不珍惜人本身。由此想来，原子弹

是最厉害的野蛮武器，使用它就是最大的野蛮行径。对
于这一点，加缪一开始就觉察到，并勇敢地与野蛮开战。
人身上是有这种能量的。我一直以为，自从对人采取不
公正行为的社会诞生以来，人们就一直在为珍惜人本身

而同各种野蛮行径进行坚持不懈的斗争。"

　　"真难理解呀。"

三郎心想。

美津惠说道：

"我感觉，照看婴幼儿的孩子演变成幼稚园的老师，就是坚持不懈的一个范例。"

接着，阿毅也说：

"跟人们长年累月培植出美丽的花卉也很相似嘛。"

"是啊，终究培植出来了呀。写《花忍者》这一故事的我的朋友就这样说过：'再怎么等待，未来也不会来，那就暂放一边吧。未来不过是现在的延续。'"

——是嘛，再怎么等待未来也不会到来。未来是能制造的吗？

大家都感到豁然开朗。

（注：加缪的《广岛》发表于《中央公论》一九五二年七月号。原子弹爆炸的死亡人数依据一九四五年末死亡人数推测。）

第三章　前进！我们的队伍

1. 新闻部

又过去了好几天。

一天午休时，美津惠向阿毅谈起一件很早就想跟他谈的事。

"樱花之子幼稚园好挤呀，楼房很旧、没有钢琴，小孩子很可怜呢。"

"我们也很可怜啊，操场上都不能跳绳，更不用说玩橄榄球了。我正打算到哪里去提意见呢!"

校内新建了一座公寓楼，加上学生的人数不断在增加，能自由活动的空间越来越少了。

这时，三郎走了过来：

"喂! 你们不想进新闻部吗？现在正在招人呢。"

三郎五年级时进了新闻部，虽然在加入课外作业代写公司时辞了职，但现在还不时地在新闻部露露脸。

"新闻部的指导老师就是三宫老师哦!"

美津惠歪着脑袋说。

三郎回答：

"可不是嘛。晨礼的时候，他总要讲话呢。"

“原来如此啊。喂，阿毅，快加入吧，三宫老师可有意思了！”

自从美津惠和阿毅他们一组一起去调查“城市的过去、现在和未来”这一主题以来，美津惠就喜欢上了三宫老师。

“新闻部的主编换成了二班的团子，团子也蛮有意思的。所以，我也要重新归队了。”

“为什么现在还招人呢？”

阿毅觉得不理解。已经开学一个月了，要是停止招人还好理解，扩招就不可思议了。

“报纸以前一年里只出几期，现在确定下来每月出两期。看吧，都写在告示里了，你去看一下告示吧。”

在最靠近操场的校舍墙壁上，张贴着各种各样的班组活动告示。

阿毅、美津惠和三郎跑步前去。

告示牌上贴着乒乓球比赛的日程表，还有摄影俱乐部展览会的通知……

“是这个。”

三郎指着右边最大的一张海报，跳到了走道正中。接着是美津惠。

这时，在告示牌前围观的四五个孩子中的一人突然伸出一条腿来拦她，美津惠差点儿被绊倒在地，幸好她跳开了。

"讨厌！干什么呀？"

"没干什么呀，就是伸伸腿而已。"

说话的是野男。野男的身后是身宽体壮的宫平，一副嬉皮笑脸的样子。

"哦，是呀。好在没有危险，道歉一下总可以吧？"

美津惠斜眼望着野男。

"哈哈哈……""道歉一下总可以吧？""道歉一下总可以吧？"

野男周围的孩子们一齐笑起来，纷纷模仿着美津惠说话。

"你们给我住口！"

阿毅发火了，他攥紧了双拳。

"走吧，野男，就你多事。"

宫平说道。

那一帮人，跟着宫平慢慢走开了。

"这帮讨厌的家伙。"

三郎不吐不快似的说。

美津惠好像转眼就把宫平他们的事给忘了，认真读着海报，海报上还画着一张打开报纸认真阅读的孩子的面孔。

《樱花小学校报》从六月起，每月出两期。

为了樱花校报的发展，特招募能干的记者和相关人员。

"能干？什么意思？"

三郎问道。

"有才能，也就是有办法吧。"

阿毅回答。

"没有办法就不成了吗？是驴是马，不拉出来遛遛，是看不清楚的。"

美津惠话音刚落，从校舍的拐角处传来了说话声：

"没什么呀，那也就是为了稍微润色一下，光是写上征集文字，显得干巴巴的。"

主编团子领着三位成员，从校舍的拐角处走了出来。

"为什么躲在那种地方？"

"哟，你们眼真尖哪！来的是什么人、来过多少人，我希望早点心中有数。像美津惠、阿毅、三郎这样的人，我们是非常欢迎呢。"

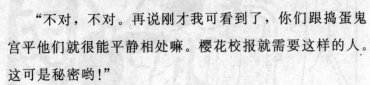

"呵呵，能干也是撑门面的意思吗？"

团子把手挥了挥：

"不对，不对。再说刚才我可看到了，你们跟捣蛋鬼宫平他们就很能平静相处嘛。樱花校报就需要这样的人。这可是秘密哟！"

团子摊开双手做出拥抱他们三人的样子，又悄声说：

"是你们我才说。其实去年入社的成员，一上六年级就歇菜了。要学习呀、学习呀，不做事的人越来越多。拜托你们了。三郎，你也回来吧。"

都讲到了这份儿上，哪里还有回绝的余地？

阿毅看了看美津惠和三郎的脸：

"试试看吧。"

"嘿，我本来就想试试的。"

三郎挺着胸膛回答。倒是劝阿毅入社的美津惠不言语了。

"怎么啦，美津惠？"

"要用功学习呀。我妈妈好啰唆的。"

"哎呀，真不像平时的美津惠哟，跟你妈讲一下就没关系啦。跟她讲你学习很卖力，报纸也想干干。"

团子鼓励道。原来低头看着脚下的美津惠抬起了头：

"我也试试吧。"

可不像团子说的那么简单——只要跟妈妈商量一下她就能理解。可是呢，一味地学习也太枯燥了。

"我们再去约一下明子、良宏和吉田怎么样啊？"

美津惠提议说。

星期六下午，新闻部的成员全部集中在六年级一班的教室里。

因为四年级以上就能报名参加，所以成员的年龄参差不齐，有大孩子，也有小孩子。阿毅的弟弟文男和吉田的弟弟健吉也参加进来了，可是看不到吉田、明子和良宏他们的身影。

"我不参加。我正打算要刻苦学习呢。"吉田执拗地跟阿毅他们说，"打算盘这条路已经行不通了，除了用功还有什么好法子呢？而且，光是学习，没有钱也是进不了大学的。"

如此一来，阿毅他们不知道怎样劝说才好。再说，吉田也并没有停止上珠算补习班。原因是目前小型公司还没有用电子计算机，算盘不会马上就没用的，他对这一点有所觉察。又是学珠算、又要用功学习，于是吉田就腾不出时间了。

明子仍因为受大和电机电子计算机影响的哥哥而委靡不振。

"我哥哥情绪一直很糟糕。他告诉我，你不管做什么，都要进大学才行。现在都有女研究生了，要加油、要用功啊！"

良宏那边的理由也差不多。

因此，教室里没有特意邀请的三个伙伴的身影。

——大家都够累的啊！

阿毅联想到明子他们。

如此说来，倒是自己的父母叫人不好理解，父亲对他说："到中学三年级时再努力吧，这之前要好好锻炼身体。"母亲也只是偶尔问问："有课外作业吗？"也不见得拼命压他，或许是工作太忙了吧。

阿毅正想着，坐在一旁的美津惠捅了捅阿毅——三宫老师走进了教室。课桌排成冂字形，议长席上，团子站了起来：

"好了，我们开会了，主题是讨论一下今后将办一份什么样的报纸。首先，在大家手头上，分别发了一份去年的报纸。我想，从去年起就有人一直在看这份报纸，去年的报纸办得怎样，请大家发表一下看法，好吗？"

三十多个孩子认真阅读着手上的报纸。

其中约有二十人是新成员。

三宫老师在靠窗的座位上打开了报纸。

2. 坏小子宫平

"说老实话，我觉得这份报纸没什么意思。"

三郎首先发言。

"理由是什么？"

"就跟宣传布告差不多。不要在走廊上乱跑啦，不要乱扔纸屑啦，不要在楼梯的扶手上坐滑梯啦……完全就是一份《不要不要大全》嘛。"

大家哄堂大笑起来。

"喂，议长。"老成员举起了手，"三郎这样讲真奇怪。我们报道不应该做什么什么样的坏事，到底哪一点不好啦？我可真不明白，难道三郎认为做坏事是可以的吗？"

"我并不认为可以做，只是那种说教的报纸叫人腻味。"

"那为什么你要重新回到新闻部呢？"

这时，美津惠开口了：

"回新闻部是一种自由啊！再说了，以前的报纸也不一定就那么完美无缺吧！"

"我们可是非常用心做出来的。对它评头品足真让人受不了。"

"安静一点儿!"团子大声叫起来,"作为议长,我想说两句。三郎不是在找茬儿,而是在谈自己的想法。"

可是,老成员还是不满意。

"那么,就让他讲一讲创办什么样的报纸才好吧。"

"这一点大家都要来谈谈,这就是今天的会议议题。"团子镇定自若地回答,"我还有一点要求,大家一个一个地说,好吗?"

团子好像一下子跳出了眼前的争议,简洁有力地推进着会议的进程。阿毅暗自惊奇——团子相当了不起呀。

三郎和美津惠都主张要办趣味性强的报纸,新成员都赞成这一提议。

可老成员们反问道:

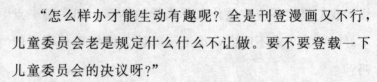

"怎么样办才能生动有趣呢?全是刊登漫画又不行,儿童委员会老是规定什么什么不让做。要不要登载一下儿童委员会的决议呀?"

此时,团子又转移话题,询问大家:

"写什么样的新闻报道才好呢?三郎你来讲,首先你会写些什么?"

"当然是新闻啦。"

"新闻之外呢?"

三郎做思考状。

"瞧瞧吧，没办法马上想出来。"

老成员们相互交头接耳，声音传到了他的耳边。突然三郎开口说：

"我要写的标题是：《把学校和家庭看成地狱》。"

欢笑声又飘荡在教室里。

"那到底是怎么回事呀？"

团子询问道。

"那是石川老师说过的话。"

跟三郎同班的几个同学同时回答。其中还有一人开口说：

"把这事写出来，会挨石川老师骂的。"

团子带着为难的表情望着三宫老师。三宫老师说：

"写还是不写，还未形成定论。这一点先放下，大家还是好好交流一下要写些什么吧。"

文男和健吉说想反映一下樱花之子幼稚园的状况。

轮到美津惠说话了：

"我想写各班坏小子的事儿。"

"你要是写了，会遭报复的。"

"这样写出来他们可惨了，家长会一清二楚的。"

"有什么可惨的？完全弄错了吧？被欺负的人才可怜呢！"

"就是写出来也改变不了现状啊。"

"要是写到报纸上，让老师了解，就肯定有作用嘛。"

三宫老师说：

"比方我们班上有一个坏小子，就算批评了他一次，可是在我看不到的地方，他肯定还会捣乱。就报道各班坏小子这一点，儿童委员会和年级会要形成决议。报纸要坚守这一决议，还要严格地予以监督。其实一味依靠老师，效果是不大的。"

轮到阿毅说了：

"我想写用功学习和入学考试的事儿。到底为什么要有考试呢？"

有人干笑了两声：

"这不是理所当然的嘛，没有考试就不用学习了。"

阿毅朝说话人那边望去：

"光为考试而学习，那就太差劲了。"

新闻部开始真正行动起来。阿毅他们的意见基本通过。老成员们也决定减少"不要，不要，不要"之类说教性的文章。

三郎的《把学校和家庭看成地狱》，当时就决定不写了。因为部里有一种强烈的意见是：三郎本人都还没弄清楚通过那句话想表达什么呢。

三郎辩解说：

"我的意思是，内心里面就有地狱。再说了，用功学习就跟存钱差不多。"

"那件事跟把学校和家庭都看成地狱，到底有什么关系呢？你好好说明一下。"

经团子这么一反问，三郎哑口无言。他曾经思考过一次，当时他的思路好像很明晰，可一旦要跟大伙儿解释，就说不清楚了。

三宫老师说：

"要讲清楚这个问题相当困难。至于校报，大家的父母亲都会看的，得写一些让大人们也觉得合情合理的文章。"

"好了，团子。如果我认真写出来，你会帮我登出来吧？"

"行啊，只要能写出好文章，我会在编辑会议上极力推荐的。"

当天晚上，三郎就开始进一步的思考。

"哎呀，这不是作文练习吗？可是这种作文练习很有意思。"

阿毅计划从未来的角度来写用功学习和入学考试这之间的关系。他开始像调查城市的过去、现在和未来那时一样收集资料。

一位来自未来国、乘坐时空梭的少年，跟现在的人们见面，询问他们学习和升学考试的情况。就用这样的题材办一个专栏连载。

"这个专栏肯定大受欢迎。问题很典型，想一个谁都叫好的题目吧。"

团子双眼炯炯有神，跟新闻部的成员们说。

阿毅使出浑身解数，告诫文男和健吉：

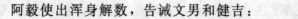
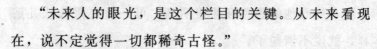

"未来人的眼光，是这个栏目的关键。从未来看现在，说不定觉得一切都稀奇古怪。"

不过，美津惠摇了摇头：

"就算未来没有坏小子，现在咱们樱花小学六一班，有宫平和他的小兄弟们，就是一件相当野蛮的事儿。根本用不着特别用什么未来人的眼光嘛。实际上大家都相当挠头。"

"宫平他们揪女生的头发。"

"轮到他们值日时总是偷懒。"

一班的孩子反映了这些情况。

可再进一步了解情况时，被欺负的孩子就不敢细说了。

"说出来的话，现在是没关系，但往后就遭殃了。"

"我根本没被欺负过。"

甚至还有孩子这样胆怯地说。

在同一个班级里，没有人欺负阿毅，所以他不大清楚情况。跟刚刚进入六年级时相比，宫平他们越来越粗暴了。被他们欺负的孩子的数量不断增加，这一点是明摆着的。

"有一个男孩说，要是参加年级会就大祸临头了。与其这样，不如不管闲事。真叫人无奈呀。"

有一天，发生了一件事——宫平和野男竟然在校园一角恐吓芝田：

"明天你带五十日元来！要是不带，我会把你的书包扔到下水道里去。"

"讨厌！"

芝田直接回答。

"讨厌吗？讨厌的话……"

宫平紧紧地抓住芝田胸前的衣服。

这时明子正好路过：

"快放手，宫平！"

不料，野男竟然打了明子一耳光！

3. 没人理睬的提议

明子捂住了脸颊。

一个班级里总有少数不受坏孩子欺负的人。明子就是这样的人，某种程度上她普遍赢得了大家的尊敬。

从另一方面看，被欺负的孩子基本上是固定的几个。芝田就是其中一位。

阿毅和明子都属于不被欺负的类型。在家里，明子跟哥哥们关系很好，除了婴儿时被母亲打过屁股，从来没挨别人揍过。

明子满脸通红，与其说是被打疼了，不如说是羞愧难当、懊恼万分。

她捂着脸颊大声说道：

"欺负弱者，你们还算什么男子汉！"

"哎哟，口气怎么像老师一样？"

野男故作吃惊地说完，又揍了明子一下。

明子气得发抖，可她照样反唇相讥：

"再揍几下也没关系。可是要让芝田拿五十日元的行径很恶劣，你们最好趁早收手。"

"什么？你自以为是优等生，收人家钱代写作业，你还好意思说别人哪！"

宫平滴溜溜地打量明子的脸。

明子若有所悟。

——是吧。如此说来，这帮人一直在缠着我们哪！

宫平认为，明子他们一伙人跟自己一样，也做了不好的事，于是宫平一帮人对以前从不触碰的明子也开始大打出手了。

宫平嘻嘻一笑，把攥住芝田的手松开。那一瞬间，芝田跑开了。

野男眼疾手快地抓回了芝田。

这时，响起了另一个人的说话声：

"明子，走啊，快走啊！"

——是良宏的声音。

与此同时，一个黑影以迅雷不及掩耳之势从校舍暗处冲了过来，拦在野男和芝田中间——

"快走啊，明子！走啊！"

挨野男和宫平揍的那个黑影是良宏。芝田趁机撒开腿就跑。

明子呆住了。平时老老实实的良宏竟然有如此勇气，叫人不可思议。

良宏一直没有还手。

明子奔跑起来，朝操场跑去。她要去找吉田和阿毅。

这两个人肯定会帮助良宏的。

她还没有找到人，下午一点钟上课的铃声就响了。

明子打量了一下教室，没有看到宫平、野男和良宏的身影。

明子在教室的门口站住了，阿毅穿过走廊跑过来。

"怎么啦，明子？"

"良宏正挨宫平他们揍呢！"

在他们身边，宫平和野男二人像突然冒出来似的，一下子溜进了教室。

三宫老师也来了。

"你们为什么不进教室啊？"

"我们不想上课！"

明子叫道。她看见良宏从走廊的角落拐了过来。

明子跑了过去，开始大哭。

三宫老师紧追上去，阿毅也一起跟了过去。

"怎么啦？不告诉我吗？那可不好。"

三宫老师反复打量着明子泪流满面的脸和良宏肿胀的面颊，觉得不可思议。

明子边啜泣着边说：

"讨厌！我太讨厌了！"

"没事儿。"

良宏说。

"不会没事儿吧。你打架了，你脸上写着呢！"三宫

老师说。

"不是打架。良宏没有跟人打架！"

明子这样说着，又想从走廊上跑开。

她很想一个人待一会儿。

三宫老师抓住了她：

"桥本明子，不能太任性了。想哭的话，就在教室里哭吧。讲清楚理由，完全可以在教室里放声大哭。"

三宫老师把明子和良宏夹在胳膊两边，像老鹰抓小鸡似的带进教室。阿毅也回到了座位上。

明子坐在自己的座位上还哭个不停。

三宫老师一言不发，教室里静极了，只有明子的哭泣声。

"咱们班上有坏孩子。被坏孩子欺负了，桥本明子才哭的。"

三宫老师慢慢地说。

良宏站了起来：

"她不是挨欺负才哭的。明子是气愤得不行才哭的。"

良宏伸出手指向宫平和野男，"我认为宫平和野男不是好人！他们两个欺负芝田，打了明子，还打了我。我讨厌他们！我不想跟宫平他们一起上课。"

"我才不想跟你们一个班呢！"

宫平气势汹汹地说。

"老师，把这堂课改成班会课吧。我希望把坏小子从我们班上消灭掉。"

阿毅说。

"别跟我提议，问问大家吧。大家赞成的话，我也赞成。"

阿毅环顾着全班：

"对我的提议表示赞成的请举手！"

零零星星的手举了起来，是十二个人，是四十八个人里的十二个人。

阿毅顿时火冒三丈：

"你们都是胆小鬼！全班有四十八个人，难道害怕他们只有四五个人的宫平一伙儿吗？"

学习委员铃木站了起来，铃木已举手赞成了阿毅的提议。

"我想请不赞成开班会的人举手。"

只有一个人举手，他是三村。宫平、野男和其他三个人慌里慌张地举起了手。

铃木开口说：

"想开的十二个人，不想开的是六个人。"

大家点了点头。

阿毅打心眼里佩服铃木。从五年级上学期开始，铃木就是一位出色的班干部，从讨论野蛮那堂课开始，他的能力就更充分地表现出来了。

铃木开始问话：

"良宏，你先解释一下。"

"让我来解释吧。"

停止哭泣的明子开始讲述了。

她一说出芝田的名字，大家都朝芝田望去。芝田对开班会可是不赞成的。

"……就这样，良宏挺身而出，他根本就没还手。他保护了芝田和我。"

"宫平，是这么回事儿吗？"

"是又怎么样？"

宫平斜眼打量着站在窗边的三宫老师的脸，蛮横无礼地回答。

三宫老师还是一声不吭。

"最好罚他们做值日。"

有谁小声说。

"要是那样的话，教室只会更脏。我一句话也不想跟宫平他们说。"

阿毅说罢，铃木反问：

"你说到宫平他们，到底是谁啊？"

"宫平和野男，就是他们。在他们道歉之前，我绝对不跟他们说话。"

"还有别的提议吗？"

"这样好了。宫平欺负一个人容易，欺负大家难。要是谁挨欺负了，最好大声叫大家一起来帮忙。上学和回家的时候，尽量不要一个人走。"

良宏这样提议。对阿毅和良宏的提议，大家都表示赞成。可是真正能起到多大作用，大部分孩子还是心中没数、忐忑不安。

阿毅突然朝三村望去，胖乎乎的三村正靠在课桌上埋头做习题。

4. 孤立坏小子

"是吧?！那太有趣了。我们新闻部就要掀起孤立坏小子的运动了。"

团子敲着课桌说道。

"运动是什么意思？"

三郎问。

"运动的意思，不是体育哟，是选举运动之类的运动。不过，这个词有发展到战争的意味。孤立坏小子的运动也就是跟坏小子的战争。大部分年级和班级都有坏小子，我们要跟他们决战。"

"是呀，我们班里就有人骄横得很。"

吉田的弟弟健吉说。

阿毅的弟弟文男嘿嘿一笑：

"我有一个好办法。"

"得了吧，你的想法没什么了不起的。"

阿毅才说完，美津惠截住他：

"别打断他。不让他说你怎么能了解呢？我肯定那会是一个好主意。"

"是呀，是呀，听都没听，就说人家的想法不行，这样武断实在不好。"

"哎，说出来听听吧，文男。"

团子这样鼓励道。

一时垂头丧气的文男又开心了起来：

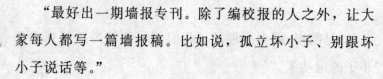"最好出一期墙报专刊。除了编校报的人之外，让大家每人都写一篇墙报稿。比如说，孤立坏小子、别跟坏小子说话等。"

"对呀，对呀，是个好主意。"团子又敲起了课桌，"好了，我们动手吧。本报要在一周时间里收集原稿，首先要有校长先生的感想，再征询一下班上有坏小子捣乱上课的老师们的意见，接下来呢……"

"要是有宫平本人的感想就太有意思了。把宫平的照片也登上去吧。"

阿毅提议道。

"怎么样？你去拍一下吧？"

团子望着阿毅的脸。

阿毅摇摇头，美津惠从一旁插嘴道：

"跟我一起去拍吧，怎么样啊？"

"好的。能不能拍成，碰碰运气吧。"

"要不要穿防弹衣啊？"

团子笑着打趣道。

第二天，阿毅一整天都在注意芝田。芝田打不起精神，不时朝宫平他们那边张望。一上完课，芝田第一个跑出了教室。

阿毅跟铃木打着手语：

"不要紧吧？"

"没什么事，是吗？"

铃木望了望背着双肩书包的宫平和野男。

"咱们悄悄地跟上去吧。"

明子、良宏也加入其中。昨天赞成开班会的伙伴，都紧跟在宫平和野男的身后。出了校门走上一段，宫平和野男突然横穿马路。

"明白了，他们想甩开我们，快走！"

铃木打头，朝与宫平他们同方向的另一条路跑去。

只有明子和良宏没有跑。二人站在那里，面面相觑。

"跟在同学后面，我感到特没劲。难道就那么不相信宫平吗？"

"唉。"

良宏模棱两可地答道。

两人头上是万里晴空，可是两人的内心重若千钧。

"啊，在那里。"尾随宫平的一行人中，有一位叫了起来并用手指着，"有三个孩子钻进了寺庙。"

宫平和野男把芝田夹在中间。

"你们等着，我去看看。"

阿毅一人潜进了寺庙的院落里。他悄悄地往前殿的后面望去。宫平正在说着什么，侧耳细听时声音传了过来：

"昨天你要是马上拿出五十日元就不会出那么多事了，我们还因此出丑了。怎么样？明天带一百日元来吧！"

"如果不带，要你好看！"

野田把手搭在芝田的肩膀上，卸下了他的双肩背包。

阿毅噢噢地吹起了口哨。

宫平和野男吃惊地朝四周张望，可是两人无法看见躲在前殿一角的阿毅的身影。

两人正要对芝田大打出手，突然脸色大变。原来四周响起了一阵脚步声，从前殿右侧出现了五六个孩子。宫平和野男朝左边跑去。仿佛天降奇兵似的，左边的角落也出现了五六个孩子堵住了二人的去路。后边是木栅栏，前面是前殿的高墙，二人无处可逃。

"你们打算干什么？"

宫平嚷道。

大家一言不发，从左右两边围住了宫平和野男。

"想打架吗？"

宫平挥了挥拳头。阿毅抓住了他的手：

"别互相动手了。请问，你们为什么要欺负自己的同学？"

"这不是你该管的事！"

宫平从阿毅身边跑开了，野男马上紧随其后。

"芝田，就像昨天定下来的那样，跟大家一起回去吧。"

铃木说道。

芝田轻轻地说：

"谢谢大家。"

第三天的早晨，令准备进入校门的孩子和老师大吃一惊的是，他们看见校门旁边立着一个告示牌。告示牌上面以迎风飘扬的海盗旗为背景，写着这样的大字：

孤立坏小子，让大家快乐地度过每一天。

别跟坏小子说话，让大家都开心地学习。

——樱花小学新闻部

在校舍墙壁上，在教室里边，这种孤立坏小子的布告贴得铺天盖地。告示板上登出了更加详尽的墙报。

午休时间的校内广播，也是播出孤立坏小子的倡议，播音的是团子。

"大家好，我们来举行孤立坏小子的班级讨论会吧。一个坏小子是无法跟团结起来的十个人的力量抗衡的。请大家加入到不跟坏小子说话的同盟里。"

午休期间，阿毅和美津惠寻找着宫平的身影。

宫平跟野男两个人靠在最接近操场的校舍的墙壁上，茫然无助地望着操场上的大伙儿。阿毅从旁边悄悄接近二人，突然出现在他们面前：

"宫平，我是樱花校报记者，现在来采访你。能说点儿什么吗？"

宫平见一时无法脱身，就吐了口唾沫：

"真讨厌，你们不是约好不跟我们讲话吗？"

"喂，跟我谈一谈怎么样？我听人说，宫平其实是一个很坚强也很热情的人。我问你，做了坏小子，神气活现的，真的有趣吗？"

美津惠走到阿毅前面，向宫平走近一步。

宫平狠狠地盯着美津惠：

"我讨厌学习，跟大家一起开心地玩耍肯定更有乐趣。像我这样，这里不行的话，就糟糕啦。"

宫平敲了敲自己的脑袋。

"很奇怪呀，宫平。大家都说宫平的成绩是中等啊。"

"中等就不行了嘛，你们就会看扁我。老爸偶尔也来训我，说考个满分看看。那时我真的很心虚呀。"

宫平露出一副泄气的样子。看样子，他一直在忍受着被大家疏远这一事实。

"而且，总是有人在说，像这样你进不了高中的。弄得我很没信心。"

"是啊。"

阿毅想。多年以来，在坏小子宫平的生活中，未来的考试一直像一团阴影笼罩着他。

美津惠像在鼓励宫平似的说：

"宫平，你只要用功学习，成绩肯定会提高的。"

"别，还有谁会比我更差劲？而且差学生领到成绩册，肯定会挨老爸老妈一顿训斥的。"

宫平又吐了口唾沫。

5. 优等生也要道歉

"哎呀，宫平，那个总是受训斥的孩子真可怜呀。"

"你说我可怜？"

宫平大吃一惊似的打量着美津惠。

"是啊，宫平本来是一个心地善良的人，只不过你自己没有注意到这一点嘛。"

"别逗我了。"

宫平不好意思地晃了晃身体。

"心地如此善良的宫平，为什么要去欺负人呢？"

宫平愕然地张开了嘴巴，望着美津惠，那表情仿佛在说："谁知我心，唯有美津惠！"

宫平打量了一下四周。孩子们围成了一圈，围住了正在对话的他们。想溜是溜不成了。

宫平用心底挤出的气力说道：

"这是因为，学习好比学习不好更有趣，欺负人比受人欺负更有趣。"

说完，宫平慌里慌张地跑了起来。野男也想跑。

这时，团子的声音响了起来：

"用手围成一个圈。"

聚集起来的孩子们，齐刷刷地牵起了手。宫平跟野男，眼看就要撞上孩子们组成的人墙，于是慌张地改变了方向继续跑。可是，到哪一处都是孩子们组成的人墙。

两人停了下来。野男吓哭了。团子说道：

"宫平、野男，跟大家道歉吧。答应大家再也不欺负任何人了。"

野男边哭边说：

"是我错了，对不起。"

可是，宫平两手紧握拳头，一言不发地打量着大家，跟刚才告诉美津惠"其实我真的很心虚"时可怜兮兮的宫平，完全判若两人。

"宫平，你不跟大家道歉吗？"

团子话音刚落，宫平狂躁地吼叫道：

"那你也让获优秀奖的人向我道歉吧。他们才叫欺负人呢！"

从宫平的眼里滚出了大颗的泪珠，亮闪闪的，沿着脸颊流了下来。

大家都沉默了，四周鸦雀无声。

当天放学后，在新闻部的教室里，团子说道：

"宫平讲的话，我实在弄不明白。"

"是啊。真的是脑子灌水了，竟然要优等生向他道歉。"

一个女记者答道。

"他大脑懵了，被大家围住了嘛。"

另外一人大笑道。

"别笑了，再笑我就生气了。"

阿毅叫道。

"我也这样看。我好像多少明白那个捣蛋鬼的心思了。"

三郎这样说。

美津惠接着开口道：

"我也是。"

"那么，我们做的事有什么不对吗？"

组成人墙让宫平他们无处可逃的一位，紧追不舍地问。阿毅摇头否认：

"不是的，坏小子是得好好教训一下。教训到了那个份儿上，宫平就吐露出了心声。"

"讲一下呀，什么心声？"

团子两肘撑在桌上，托着下巴。

"怎么说好呢？心里明白，讲出来却很难。"

阿毅斜望着天花板。

"哦，三宫老师在开学那天讲过二宫金次郎的故事。他说过，人无论是谁都有一种希望被人认可的情感。宫平也一样，也想被人认可。"

"想被人认可就能欺负人吗？"

"我跟阿毅看法略有不同，宫平是想尽量展示自己的力量啊！"

"美津惠的意思我清楚了，这么说……"

"稍微等一下，光是美津惠的意思，怎么接下去啊？"

团子开口说。

"用我们听得懂的方式解释一下吧。"

"哦，有了。我们班上有个女孩的姐姐叫可爱。"阿毅两眼闪闪发光，"可爱姐姐在樱花之子幼稚园上班。听说她从学生时代起就认为那种工作很有干头，可是幼稚园老师的工资很低。一提到薪水低，她就觉得自己哪怕工作再投入也没法被认可。"

"说得在理。"

团子露出多少明白的神情。

另外的孩子发话了：

"那可是大人的事情呀。"

"大人也好、孩子也好，都一样。"

那孩子惊讶地咂巴着嘴。

"我们可没领工资呀。"

"是没领工资，可优等生要领优等奖呀，这一点就不如宫平的意。"

团子晃了晃身子。

"哦，是吗？宫平是想成为臂力方面的优等生呀。很像哦！"

三郎朗声大笑。

在阿毅脑海里浮现了一张按时间划分的表格，分别用铅笔涂黑了各种各样的课目。课目和课目之间仍然留着空白，那就是休息的时间。午休时间空白相当大。在那些涂抹成黑色时间里的优等生，他们是明子、三村和学习委员铃木；空白处的优等生，则是宫平和野男。

"像我这样成绩不好的，总是担心被老师点名，生怕被点到，心里很着急啊，哪怕是坐着也屁股冒烟，坐不住啊！一看到成绩好的同学纷纷举起了手，心里就犯嘀咕：这帮小子！"

三郎说。

"哦，我虽然心里不埋怨，但还是会想我的脑子怎么这么笨呢？很心酸。"

有一个人跟他有同感。接着，好几个人都露出同样的表情。

"太怪了。当时美津惠就说过，宫平也不像他说的那么差劲。可是说到底，不学习还是不怎么好啊。"

有一个人提出了反对意见。所以三郎他们这些成绩平平的孩子面面相觑。

美津惠道：

"当时宫平还说过这样的话：我要是学习成绩优秀了，肯定就有谁替换我的角色，变成坏孩子，那孩子一样要挨批评的。"

"哎呀，真会挑理由呀。"

面对这种感叹，三郎脸色大变：

"你考虑过成绩册上只有1分或2分一溜儿排在一起的孩子的心情吗？那孩子连上学期学的东西都一窍不通，一到休息时间就遭到宫平他们的欺负。"

三郎说的是芝田，这一点阿毅心里有数。

阿毅想起一件事，当"野蛮"这道题目出来时，芝田曾经小声说过"现在也野蛮呀"。

"你坐下吧，三郎。我们可以把上个学期学的东西教给那位同学，也可以让宫平好好学习，让大家都考上满分，实在是再美不过了。"

"那种事怎么可能呢？我自己都没考过满分呢！"

跟三郎唱对台戏的人把脸转向一边。

与此同时，团子说道：

"不行吧，阿毅。成绩单里得满分的人，一个班上能有几个？得4分的人肯定也只是几分之一呀。因此，语文成绩得1分的人任何时候都少不了呢！"

"这些规定真浑！"

"那又有什么法子呢？全是大人物们决定下来的。"

阿毅笑了起来：

"我不认为得优等奖的人有什么了不起。明子就说过，优等奖什么的最好取消，换成各种各样的奖，文科奖啊，理科奖啊，体育奖啊，美术奖啊，劳动奖啊……让大家都能领到。"

"这条要写到报纸上去。"

团子提议道。

6. 小树林里的和解

此时，在学校后边的小树林里，吉田正跟宫平面对面站着。宫平的身边是野男，吉田的身后站着明子和良宏。

"为什么把我叫到这地方？"

宫平耸了耸肩，气势汹汹地说。

"你就不用装样子了。你们是挨阿毅他们整过，我们可从来没想过要整你，就想跟你谈一件事。"

吉田笑着说。

"说事？怕是想挨揍吧？"

"揍一顿就了事的话，在你耍横的时候就揍了。没有大闹一场就收场了，是沾了明子的光。当时，明子和良宏感动了我。而阿毅他们所做的，我一点也没沾边儿，所以我什么都没干。依我看，反正今天的事实在太没劲了。"

"喂，吉田，坐下吧。"

明子说。

"好，坐吧。一站着就容易吵架。"

　　吉田首先坐下来，明子和良宏、宫平和野男也伸腿坐在草地上。

　　"你说学习一点意思都没有，还竟然敢说你被优等生欺负了？"

　　"我是说了，全是真的。"

　　宫平认为吉田与明子这样的优等生结伴，对自己是一个很大的威胁。

　　吉田说：

　　"你光顾着想谁能干、谁不能干，根本没有在情感上接受我和芝田呀。"

　　"你和芝田又怎么啦？"

　　"从一开始我们就是肯定进不了高中的孩子，也是没有钱的孩子。"

　　吉田的言下之意是，按照宫平的这一逻辑，没有钱的孩子就会被有钱的孩子欺负。

"你真过分呀，你好像在说优等生一钱不值嘛。那像我这样既没钱、成绩又差的人，你是怎么看的？"

宫平垂下头，扯着草叶，一直没有抬头。

宫平脑海里浮现出从前在童话里读过的天国大门前的一幕。在大门前，人们像蝼蚁一般排着长队，侍卫把众人分成两群，即可以进入的人和不能进入的人。只有在生前行善积德的人才能进门。读到这一段时，宫平深知自己永远属于不能进门的那一拨人。毕竟在学校里，用功学习、测验分数高的才是表现好的。

可眼下吉田所说的，就是一开始就无权在门前排队的人。在宫平排着的队列尽头，在天涯海角，在满是沙砾的河川上，有人挥着锄头辛勤耕种着。

宫平感觉到心胸开阔了许多。这时，他耳边又回响起美津惠的声音：心地善良的宫平怎么会欺负人呢？

宫平仰起了头，望着吉田：

"我懂了，吉田。"

明子边往家里走边说：

"我算是领教了，他竟然认为只要有一个人成绩好，就有一个人成绩不好。"

"是啊，我也很吃惊呀。"

明子和良宏觉察到，以前一直认为理所当然的事，其实并不完全如此。

两个人都没有说出口，可是他们心里想的是相同的。四年以后，两个人都要考高中，现在的两个好伙伴到那时就变成了竞争对手。

当然，两个人都会互相鼓励、拼命用功，或许两个都能考上。就算这样，彼此竞争这一点还是没法改变的。

"这样考虑问题，照吉田的说法，是很过分吧。"

良宏说道。而吉田为了不错过送晚报的时间，匆匆忙忙赶回去了。

"我不想那样说，不过我……"明子把一句已经到嘴边的话强咽了下去，"我不要去私塾了。"

停止上私塾，明子就是在辜负期望她考上高中考上大学的妈妈和哥哥。

"铃木的哥哥可是提过了，想进高中的人要发起一个让大家都能考上高中的全员运动。"

"那可了不得。"

"高中之后还有大学啊，接下来还要找工作啊！"

明子好像发现了一个三角形的扩张状态，它的底边是小学和中学。有不少人考高中会落榜，又有不少人考大学会名落孙山。哪怕进入公司，能当上社长的，也只能是极少的个别人。明子情绪低落极了。

她忽然想起，三宫老师曾经讲过，大家不妨考虑一下能当社长的办法吧。

这时，从后面传来了招呼声：

"喂，明子！良宏！"

原来是阿毅、美津惠和三郎赶了过来。

追上他们时，阿毅说：

"怎么啦？两个人都愁眉苦脸的?"

"正想事呢，将来的将来的事。"

"要是将来变阿姨的事，你不用考虑也行啊。"

"是吗？是考高中的事呢！"

把宫平和芝田之间的事，以及眼下跟良宏一起思考的问题，明子都一股脑儿告诉了阿毅他们。阿毅笑了起来：

"将来的事考虑多了，会秃头的。"接下去，他的表情认真起来，"是大家都当上社长的办法吗?"

"我倒乐意去想一想大家都考满分的办法，虽然团子说过那不可能。"

"大家一起想想吧。"

"哎，你们现在是去私塾吗?"

"今天休息！"

明子爽快地回答。

7. 成绩册

"好像大家好久都没这样聚在一起喽！"

美津惠环顾着房间。地点是阿毅家的厨房兼餐厅。

"真像是回到课外作业代写公司那阵子呀！"

三郎无比怀念地望着墙上的那块黑板。

"还开作业代写公司吗？我还会加入的。"

先一步回到家中的文男欢快地说。

"别谈什么公司的事了。现在开始大家有事商量，是一个大问题，就是大家怎么样做才能考满分。小孩一边儿去。"

"耶，老哥你好小气哟！我以前也是贡献过智慧的！我带你们去找石桥，孤立坏小子的墙报也是我出的主意呀。"

"是呀，不让他参加进来也不好，文男也想考满分吧。"

在把文男接纳为成员这一点上，美津惠跟以前任职于课外作业代写公司时态度是一样的。

"有两个问题。"阿毅郑重其事地说，"其一，大家是

否能认真学习。另外一点是，成绩册上拿 5 分的人肯定是固定的几个人，这样一来……"大家都看着阿毅的脸，"我们要考虑这两件事，有没有人反对？"

"反对？"

"比方说，大家都说这样可以了，他就说不赞成。有理由时尽管陈述反对的理由。光是赞成式的讨论，一点也没意思。"

"说得对呀，那我来当反方吧。"

良宏说。

这时电话响了。

"我来接。"

文男抓起了听筒。

"是的，这里是村山家。"

"……"

"哦，是团子呀。我哥哥呀，他已经回来了。"

文男把话筒递给了阿毅。

"明白了，团子。是呀是呀。5 分和 1 分各有七个人，你稍微等一等。"

文男悄悄递上备用纸和铅笔，阿毅记下了数字，放下了电话。

"团子说要来。先要讲明白的是，我们委托过团子，委托她好好调查一下，学校是用什么比例来划分成绩册的分数的。"

团子向三官老师打听过，阿毅写在黑板上：

"一百人时，是用这样的比例——比方说五十人这样

对半分。"

大家都静静地看着黑板上的字，明子的心怦怦地跳个不停：

"我只有一个 4 分，其余都是 5 分，在班上的前五名之内。"

"我明白了，五年级第二学期我准备加油，考试的分数也相对好多了。只有算术从第一学期的 4 分掉到了 3 分。"

三郎撇着嘴说道。

良宏说：

"那时反正大家都很用功嘛。"

"用功了分数还要下滑，真不合情理。"

"我可不那样想，这是实力。"

良宏说。

明子的脸儿通红。一上来就习惯性地想到了名次，自己觉得好害羞。

三郎说：

"要是能按实力填写成绩册就好了。"

"实力是什么东西？"

美津惠摇了摇头，问。

"等一下，等一下，实力先撂到一边去。三郎说的有道理。我认为，用功学习，成绩册上的分数还不好、还升不上来，实在很奇怪！"

阿毅这样说道。

"既然那样决定了，就没有办法更改了。"

良宏话音刚落，阿毅把头摆向一边：

"定下来的规矩也可以改呀。"

"你说可以改，就能改吗？"

这回说话的是明子。

"以前我们不是一直以为没办法教训坏小子吗？可是我们好好露了一手。还有一件好久以前的事，我们一起去跟校长谈，还请他买了地球仪，都记得吧？"

"哎呀，成绩册的打分方式可是文部省定下的。地球仪校长还能买，成绩册就没辙了。"

"那我们可以跟文部大臣商量啊。"

文男在一旁插嘴道。

"你说可以商量，文部大臣会跟我们见面吗？就算能见咱们，说不定他还是说，那可不行！是法律定下来的。"

"要是不跟我们见面，我们写信怎么样？"

听了美津惠的话，阿毅想象着雪片一般的信件在文部大臣的桌子上堆成山的情景。全日本所有小学、中学的孩子都给文部大臣写信，无论哪一封信都写上：请改变成绩册上的打分方式吧。

日复一日，送邮件的人两手抱着纸箱，纸箱里信件堆积如山，在文部省大楼的楼梯上吃力地爬着。有五六

个人一溜儿地爬着。那些信都送往大臣的办公室里。桌子已经看不见了，大臣办公室里信件成灾，连文部大臣的身体眼看着也要被埋没了。

阿毅兴奋异常地说道：

"三郎，你说你最近给电话公司的总经理寄过信呢！"

"是呀，是寄过。爸爸叫我写的。"

以前阿毅他们见过三郎拿来的传单，因为电话程控化，交换员不再需要了，于是国会制定出了一套解雇已经不再需要的交换员的法案。三郎的爸爸是全日本电话通信公司总工会的成员。

"妈妈反对我寄，因为她觉得反正是小孩子写的信，是听大人的话写的，根本就不会管用的。"

门铃响了。

"是团子。"

跑到玄关去的文男，带回来的不是团子，而是蔬菜店的森川。

森川犹犹豫豫地问：

"你们已经不代做课外作业了？"

森川眼睛滴溜溜地望着桌子，他发现根本没人打开书本和练习本。

"哎呀，真不做了呀。"森川失望至极的样子，"我弄不懂了，要查宪法什么的。"

"哦，是那道题呀。"

美津惠想起什么似的。

三郎一副慌张的神色：

"是啊，我们必须查清楚教科书里写的日本国民衷心希望世界和平，不再有战争，是宪法第几条。"

"还不止这一点呢！我还得调查国会，还要发表呢！"

森川一副可怜虫的样子。

"什么时候交啊？"

"后天，快动手吧。"

对阿毅的回答，美津惠他们很吃惊，可是更叫人吃惊的是，当森川问多少钱时，阿毅这样告诉美津惠他们：

"钱就不收了，怎么样？我想跟森川一起好好学习。"

"我赞成！"

担任反方角色的良宏抢先表示道。

门铃又响了，这一回毫无疑问是团子来了。团子一坐到阿毅身边就说开了：

　　"我问过三宫老师，也有极少数学校出不一样的成绩册。他告诉我他会帮我们调查他们用的是什么方法。不过老师笑的样子很怪，他说，哪怕调查清楚了打分方法，是生是死还是要看各自的造化。"

8. 真难懂的宪法

"所谓的生死，意思是……"

阿毅说着，吞了一口唾沫，又吞了第二口唾沫。

"三郎都给电话公司的总经理寄信了，我们就算对成绩册有意见，还没给文部大臣寄信反映呢。"

阿毅坚定地认为，只要写出能把文部大臣掩埋起来的铺天盖地的信件和明信片，就算法律上已有规定，法律条文还是可以改变的。

"哎，我回去了，明天我再来。"

森川直起了身子。

"方便的话，一起走吧。"

明子探望着里屋阿毅课桌旁的书架，这样说。

森川挺直身子说道：

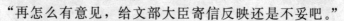

"再怎么有意见，给文部大臣寄信反映还是不妥吧。"

"有了。"明子从阿毅的书架上抽出一本书，书名是《我们的宪法》，"等一下，森川。"

明子翻开书页，说：

"哦，第三章是国民的权利与义务。在这里，第十六

条，大家听听吧。"明子读了起来，"任何人都有义务救济受灾者……公务员的什么免权，我想是罢免公务员的意思……关于法律、命令以及规则的制定、废止、修改以及其他事项……拥有和平什么愿的权利，任何人的这种什么愿……哦，我懂了，我猜是请愿……在请愿这一点上没有任何不同待遇。"

"听得我云里雾里，宪法真难懂啊！真希望写得孩子也能明白。"三郎垂头丧气地说。

明子拿出词典：

"请愿，请愿，什么意思呀？一是希望，二是个人对政府有所请求。"明子合上词典后朝向大家这边说，"也就是说，要是对法律以及规则感到不公平，有权利要求进行修改，宪法第十六条里这样写的。"

"哦。"

感觉上多少有点明白了，但还没到完全透彻理解的程度，首先明子就不完全明白。

"哪怕是孩子也有请愿之类的权利吗？没有选举权恐怕不行吧？"

反方的良宏提问。

"再说，要去请愿还要去应付烦琐至极的法律手续呢！光是寄信怎么能请愿呢？"团子说。

"查一下就明白了。"

明子说着隐隐感到心疼，与其为这种事查来查去，不如去私塾加强一下学习。

这时，阿毅开口了：

"刚才，美津惠问过实力到底是什么，依我看，能阅读宪法条文的明子就充满实力呀！"

"是啊。"

大家点头同意，只有良宏表示出不屑：

"明子，你不要生气，好好听我说，我可是反方啊。依我看，三村在实力上就超过了明子。"

阿毅表示他正听着。

"我认为差别不小哇。要是三村，也准能顺利地阅读宪法第十六条，也就是能读文章吧。他只顾学习，其余的事概不过问。在孤立捣蛋孩子王宫平时，三村就袖手旁观，什么也没干。"

在阿毅的脑海里模糊地现出几种学习的类型。像是与他心灵相通似的，团子正归纳着那些类型：

"第一类，他们在学校里只顾着学习，非常努力。这些人哪怕成绩再好，在升学考试时，也有的表现不佳。这些人缺少实力，这一点是从中学生那里听来的。"

"不愧是樱花校报的主编，确实见多识广。"

"第二类，很普通的实力型。学习成绩也不是头几名，考试起来总发挥得不错。不过，现在阿毅所说的实力跟第二种类型好像略有区别。可以说那就是真正的学习型吧。"

樱花校报的主编仿佛在搜索以前从学长们那里听说过的话。她望了一会儿天花板，继续说道：

"有一位学长是这样告诉我的。他说，某中学在晚上开办夜校，听说有好多年纪很大的人来听课。学长也是新闻部的，有一次去采访一位上夜校的人，问他：为什么到中学来啊？那个夜校生回答说是为取得汽车驾照而来。

"那个人其实会驾车了，可是一点也读不懂交通法规。也就是说，他是为了学会阅读而来上学的。

"这才是名副其实的学习型。不懂认字会四处碰壁，不懂算术也寸步难行。"

说得有理，阿毅心想。他又不由得回忆起以前《花忍者》的故事，那时，三村曾说过：

"山谷里的孩子为了生存，即使不喜欢也必须会使枪弄棒，牢牢记住如何穿行于山间小道。不干正事，对花儿痴迷就是胡来。如果自己想好好活下去，在测试之前

根本就不要去埋什么石蒜花的球根，去温习一遍通往寺庙的山道才是正理。"

三村的话音犹在耳边。当时良宏曾说：

"只懂种花的孩子也有生存权哪！"

在这一前提下，三村所说的可谓正中要害。就像涌雾谷的孩子必须记住使枪弄棒、穿行山间小道一样，阿毅他们哪怕不情愿，也必须记住文字懂得算术，还要弄明白宪法是怎样一回事。

"还有一位学长满腹牢骚，说他本来想了解得更深，再多学一点儿，可老是测验测验的，其他学习都荒废了。"

良宏和明子不约而同地对望了一眼。

在以前调查城市的过去、现在和未来时，美津惠曾说过，"大家还是打起精神，想象一下未来吧"。可是，非得赶去私塾的两人根本没有时间考虑。

明子暗自下定决心：

我得仔细查一下，孩子是否有请愿的权利。

阿毅说：

"团子，受你的启发，明白了很多道理，谢谢你！"

"那你打算做什么呢？"

"首先，我要给报纸写有关成绩册的文章。"

"你嘴上老说写呀写的，可一个字都没看到过呀。"

"抱歉，抱歉。今天我就写《从未来看到的现在》这篇文章。在文章里面就写入成绩册的事儿，我还打算送到别的学校去。我非常想了解其他学校的孩子是怎么思考的。"

"要是有人去校长那里了解一下也好啊。我准备去拜访一下电话局的局长。"三郎说出了让人意外的话，"全日本电话通信公司里就有家庭工会。家庭工会成员准备去拜访局长，希望能够收回这次的法案。"

"这么说，大和电机也要组成家庭工会什么的吧，可是到底能不能让孩子进去就不知道了。"

明子把哥哥讲过的事儿说了出来。

阿毅就像电视里的说唱艺人那样啪啪作响地拍着自己的手掌：

"是呀，我差点儿忘了一件关键的事，要是那边能用上孩子，咱们这边也得靠大人们，光是孩子总是一事无成。"

"没关系，我们去请三宫老师来助阵吧。"

团子说。

9. 吉田的新发现

人的想法是大致相似的。当一个人在思考什么时，在另外的场合别的人也在思考同样的事，这种情况时有发生。

就在阿毅他们思考学习和宪法的当天晚上，吉田在吉川的公寓里也在思考着学习和宪法。

那天晚上，吉田飘飘然来到吉川这里玩，他嘭嘭地敲门，没有回应，可是从外面看到里面开着电灯，而且从房间里还传出收音机或是电视的声音——不应该不在家呀。

"真奇怪呀！"

当他再次敲门时，一位在走廊上经过的年轻人笑着招呼他：

"你是来玩的吧？你往上看看。"

这所公寓里很多人都是在大和电机上班的，打招呼的青年也是大和电机的职员，吉田跟这个人在吉川的房间里见过面。

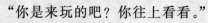

照他所说的，吉田抬头望了望门的上方，那里贴着

一张纸条，上面写着："学习中，请勿打扰"。

"吉川跟以前不一样了，才贴出这种纸条。不过，不贴出来，我们老是打扰他，他也受不了。马上他就学完了。"

果然，青年说完才过五分钟，门就打开了。从门缝里探出吉川的脸。

"喂，怎么啦？是你呀。你报上名字就马上可以进来嘛。"

一走进房间，吉田就问他：

"在学习什么呀？"

窗边摆放着以前没见过的大桌子，桌子上面摊放着书本，桌子上还有一部收音机。

"我在听收音机里的俄语讲座呢！"

吉川仰面朝天躺在榻榻米上，朝天花板上喷着烟圈儿。

"俄语很难学啊!"

吉田很是吃惊,他实在不明白吉川为什么要学俄语。

"喂,学会了俄语有什么好处吗?"

"有啊,要是不懂俄语就没法学习物理,毕竟那是第一个把人造卫星送上太空的国家的语言呀。"

"哦。"

他好像懂了,其实还是不太了解。吉川是大和电机的仓库管理员。一个仓库管理员记住了俄语会阅读科学书籍,还是没有什么大作用吧?

望着吉田茫然不解的表情,吉川告诉他:

"你认为我是出于个人爱好吗?就像喜欢登山的人常去登山那样,其实,人对那些并不见得立竿见影的事,也要去尝试。再说,学习在某种程度上就跟绕弯子差不多。现在桥本也学得很起劲哪,学的是关于公司的结构以及劳工问题,因为他被选为工会委员了。"

"当了工会委员,为什么还要……"吉田刚想说为什么必须学那些,又马上明白了什么似的,"我明白了,跟公司交涉时,不了解这些就不好办,是吧?"

"是啊。大致上讲,公司那边比我们这边知道得多。管理人员都具备大学学历,我们这边伙伴们多半是高中和初中毕业,为了不输给对方,非得学习不可啊。不过,在跟公司的交涉中,用功学习得来的知识老早就开始发挥作用了。还有,打不好基础就很难再上一层楼啊。"

吉田摇了摇头，光是去学马上管用的珠算似乎有点儿不对头，太急功近利了。可是，一想到学习只是为了不输给大学本科毕业的人，也够沉重的。

"哎呀，穷人真难啊。"

当他说完，吉川回答说：

"为什么会有富人和穷人呢？好好学习就可以想出消灭贫穷的方法。"

此时，走廊上传来咚咚咚的脚步声，接着房门被敲得山响。

"来喽！"

比吉川的回答还快速，门被撞开了，几个年轻的男孩子和女孩子风风火火地走了进来。刚才谈到的桥本也就是明子的哥哥走在前面，他呼呼地喘着粗气说：

"谈判谈崩了！补助费最多就发两个月，在合理化方面他们也是一点儿也不让步。"

听着明子的哥哥他们热烈议论着，吉田弄明白情况大致是这样的：首先，补助费就是社会上所说的奖金。夏天的补助费，工会要求给两个半月，公司方的回答一开始是按一个半月发。多次交涉之后，才答应给两个月，再也不往上加了。

"去年还给了两个月的补助呢。跟去年相比，物价一个劲儿地往上涨，只发两个月的补助，扣除物价差额以及借款就只剩一个月的份了。"

一位年轻人说。

"还有所谓的合理化，休息时间放曲子实在太讨厌了。"

一个女孩说。

每天上午和下午，分别有两次，当大家开始感到疲劳时，音乐响了起来。要是以前，可以跟周围的人聊一会儿天，放了音乐就没法交谈了。

"听人说，让牛听音乐会挤出更多的奶，怕不是把我们当成牛了吧？"

"不过，"吉田插嘴说，"工作期间最好还是工作吧？"

明子的哥哥说：

"工资只会给那一份，可工作比以前干得更多，奖金却越来越少。"

"通过放音乐给人新的刺激，工作会更投入，下班之后总疲劳得不行，而且就连我们去上洗手间的次数也记在'阎王簿'里。"

每次离开机器，都必须跟上司解释理由，上司会把它记在"阎王簿"里，上厕所的次数多了，还会挨批。

"离开岗位时只要什么都不说、老老实实的，公司总不会太苛刻。"吉川说道。

"不过以后可不行了。"

说这话的是刚才叫吉田往门上方看的青年。住在这所公寓里的大和电机职工都挤在他的身后。

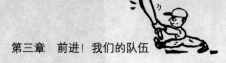

"吉川，我回去了，你跟大家还有事要谈。"

"不好意思，你下回还要来哦。要是能领两个半月的奖金，我就请你好好吃一回牛排。要是只有两个月的，那就只能请一碗拉面了。"

走出门外，吉田抬头望了望天空。银河如带，繁星点点，数目越看越多似的。

他轻松极了，自从明子的哥哥告诉他别学珠算之后，一直阴沉晦暗的情绪被扫荡一空。

靠会打算盘领高工资这条路给堵死了，换一个角度，吉田转而明白了存在着工会组织这件事。他还知道三郎的爸爸是全日本电话通信公司工会的成员，而且吉田头一回看到了为自己要求提高奖金的工会成员。

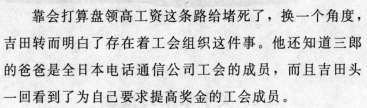

——好！我要好好学习。

学习并不意味着只是在学校里用功，关于公司以及社会的结构到底是怎么回事儿，这一类的东西也必须弄清。

吉田急于把这一发现告诉别人，于是他朝阿毅家里跑去。

10. 关于未来的报告

《未来人不可思议》 第一卷

我们五人乘上了时空梭，目的地是五百年前的日本。不过，因为我们是生活在五百年之后的，是新时代的未来人，所以提到五百年前，正好便是这张报纸的读者诸君所生活的年代。

在时空穿梭机上摁了一下按钮，时空梭一声不响地飞了起来。在它平稳着陆后，我们来到机身外。

地点是樱花小学的操场，操场四周花木环绕。

大风刮了起来，操场上扬起了漫天黄沙。

"哇，眼睛都睁不开了，五百年前的操场就是这个样子的呀！"

因为我们穿着隐身服，人们都看不见我们。我们来到教室里面，老师在发信纸。我们也悄悄取走了一张信纸。

来到教室外，打开一看，上面写着这样的话：

　　樱花小学没有池塘，要建池塘，希望每家捐助二百日元。

"真奇怪呀，依照这个时代的宪法……"

明子从口袋里掏出一本书，哗哗地翻开书

页，念了起来：

"日本宪法第二十六条说，所有国民，依据法律规定，都拥有与其能力相适应的平等接受教育的权利。所有国民，依据法律规定，都承担着让受其监护的子女接受一般教育的义务。义务教育是无偿的。"

"无偿，简直就是纸上谈兵嘛！竟然说要捐款，不是太奇怪了吗？"

明子小姐摇了摇头。

"哎呀，还有点不好理解，不过蛮有趣的。这样好了，多印上几份吧。"

团子翻看着阿毅写好的原稿说。

"刻印的话，三郎，是你的事儿了。"

"我接受。我实在摸不准小孩子能把事情办到什么程度。"

三郎这个星期四去见了电话局局长，因为全日本电话通信公司家庭工会的成员约见了局长。阿毅嘱咐他，另外还有孩子去的话，就把消息传过来。

星期四的傍晚，阿毅家的电话响了。阿毅拿起听筒，响起了一个孩子的声音：

"你好，我是樱花小学六年级的括山，我拜读过你的《未来人不可思议》，就向三郎问过你的电话，那篇文章的读者越来越多了。"

"谢谢！"

"快点儿续写下去吧。"

"好的。不过，我还得跟大家商量。宪法之类的，我得向那些精通的同学请教。"

"喂，也拉我入伙吧。什么时候集合啊？"

"明天下午四点钟。"

第二天，在樱花小学的教员办公室里，针对《未来人不可思议》这篇文章，老师们也纷纷议论起来。

"真难办啊，父母都打来抗议电话了，写这篇文章的孩子着实有手段。要是市里不出挖池塘的费用，我们就得出了。不把这件事当成值得庆祝的好事，反而认为是一团糟。这样写文章的孩子真叫人伤脑筋。"

"我这里也有反映呢，这种事情不可能是孩子能想出来的，肯定是有哪个老师教的。"

石川老师边说边用眼睛滴溜溜地打量着三宫老师的脸，三宫老师开口说：

"到了六年级，孩子们的思考能力飞速发展。孩子们完全拥有那种程度的思考能力，也都具备通读宪法条文的能力。那种能力以前没有充分施展，所以一旦出现了这样思考问题的孩子，我们也好、父母也好，就应付不过来了。"

"不过，在出报纸前检查一下不是更好吗？这还是头一次，第二次又会出什么事，谁也不知道啊。"

"正是这样，这就是言论自由的威胁所在。万一学生家长们说些什么，就跟他们说孩子们是正确的好了。"

其他老师也参与了议论。

"是呀，照我看，那些孩子说不定哪一天就会写文章反映学校的测验和课外作业太多了。到那时，我们再把孩子们说过的事，传达给家长好了。"

说这话的是对每周都要进行测验、布置一大堆课外作业一直持反对态度的老师。

教员办公室的窗外突然人声鼎沸，还传来脚步声。

一位老师朝窗外望去。

"游行了！是大和电机的工会组织。"

一些举着旗帜和招牌、缠着头巾的人们列队前行。

"反对物价上涨！反对合理化！"

喊声一浪接一浪。

教室的窗子边，阿毅他们也在往外探望。

从二楼教室可以看到，不止这一支游行队伍，还有其他队伍也在加入。

"大和电机工会组织从凌晨一点到二十四点举行游行。公司认为他们是没有任何作用的组织。公司方面太过分了。"

·　明子从他哥哥那里打听到此类消息。

"加油啊！"

吉田大喊起来，明子、阿毅也大叫着：

"加油啊！"

一边喊着，在阿毅脑海里突然浮现出这样的情景：孩子们举着旗拿着招牌在游行。

"反对升学考试！"

"反对成绩册！"

"反对课外作业！"

孩子们喊道。

樱花小学的孩子们和全樱花市各个小学的孩子们都参加了游行。

不，是全日本的小孩子呀！孩子们在日本的城镇、田野和山间游行着。领队的旗帜就是文男做的那面有骷髅的海盗旗。

——前进！我们的海盗旗。

阿毅这样在心里呐喊着，朝游行队伍招了招手。

明子、良宏挥着手；隔壁教室里，吉田、美津惠、三郎也挥着手。

游行队伍的看到了他们，挥着手喊道：

"你们也加油啊！"

那天之后，几个月过去了。

我们再次走访了村山正夫先生位于樱花之丘公寓六号楼 408 室的住所。

"哎呀，你们又来了！"

双目炯炯有神、长着可爱圆脸的村山毅在餐桌旁站起身来。

这里的人比以前更多了。围着餐桌的有五个人，里面房间里还有六个人聚在一起。

"宪法第二十八条：劳动者团结的权利，以及进行团体交涉和其他团体行为的权利，应该得到保障。孩子们在说出这一点时，有的大人们认为是无理取闹。对宪法里明文写有的理所当然的事，我们必须彻底弄清楚。"

说这话的是良宏，他的旁边坐着明子。

"里面是学习小组。"阿毅告诉我们。

墙壁上贴着画有骷髅的海盗旗和手抄的文章，纸边上镶着红花做装饰。

仔细一看，文章是宪法的条文。

宪法第九十七条　基本人权的本质

宪法在此承诺：日本国民受宪法保障的基本人权，是人类历经多年努力的成果，这些权利经过不断的磨砺，延续至今，对现在以及将来的国民来说，都是不可侵犯的永久权利。

"你们懂这么难解的东西吗？"

听我们一问，阿毅笑了：

"不是完全明白，听三宫老师解释了一下，多多少少有点儿数了。所谓的人类历经多年努力的成果，就是人类长年累月脚踏实地地推进、不断地尊重珍惜人自身。我认为，花忍者的时代和现在还是大有不同的。"

留意一看，墙上的红花是石蒜花。

阿毅说："我想，我们还得进一步学习所谓的基本人权。"

电话铃响了，文男去接电话：

"是的，是的。我们是取消考试和课外作业小组。"

"哦？这里又成立取消考试和课外作业小组了吗?"

大吃一惊之余，我们问阿毅。

阿毅昂首挺胸地说：

"是呀，我们跟教育委员会声明过了，我们是樱花市所有小学的师生和父母的代表。而且，我们受委托去交涉过，请求把课外作业尽量减少一些。依明子的解释，好像孩子没有请愿的权利、没法出席市议会。不过，我们的举动还是引起了重视，教育委员会的人经过认真细致的调查，已经决定学校星期六不再留课外作业了。"

团子带着另外三个陌生的孩子一齐走了进来，她向大家介绍：

"他们是其他学校的学生，是校报的编辑部成员。外校的故事也非常有趣啊！现在，美津惠和三郎去采访调查了。"

"好，干得好。三村怎么样啦？"

"三村还在学习，还在一个人用功，三村认为有考试最好。"

"我们考虑要跟老师商量一下，宪法里不是写有接受与其能力相适应的平等教育的权利嘛。意思不外是，人的能力各有不同，有权利多方面发展，光是学校成绩这一点并非能力的全部。所以光是考试，是不能说明人的能力和其他方面的。一味用考试来筛选，就很不合理了。"

"说得有理。吉田呢？"

"还在送报纸。一旦中学毕业，他会边工作边去非全日制高中学习。他决心要扩大工会组织的作用，要领到不低于本科生的薪水。"

"你父母亲对你们这样使用房子，什么也不说吗？"

"这样比闲逛瞎玩好多了，他们还高兴不过来呢！在我们樱花市里出现了好多像我们这样的小组。"

我凝视着张贴在墙壁上画着骷髅的海盗旗，脑海里掠过这样的画面：

就像阿毅曾经想象过的那样，全日本的孩子们高举着这面旗帜，漫山遍野地跑着，在城市里奔走着、在乡村中呼吁着，漫山遍野、浩浩荡荡。

（注：本书于一九六六年出版发行。物价与名称均为当时的，现在已大不相同。一九九六年大幅改写过一部分。）

桂图登字：20－2005－209

Text copyright © 2001 by Taruhi FURUTA
Illustrations copyright © 2001 by Hideko NAGANO
First published in Japan in 2001 under the title
"SHIMPAN SHUKUDAI HIKIUKE KABUSHIKIGAISHA"
by RIRON－SHA Co., Ltd.
Simplified Chinese translation rights arranged with RIRON－SHA Co., Ltd.
through Japan Foreign－Rights Centre

图书在版编目（CIP）数据

课外作业代写公司/（日）古田足日著；（日）NAGANO HIDEKO 绘；
草莓山坡译．—南宁：接力出版社，2006.1
　ISBN 7－80732－194－6

　I. 课…　II. ①古…②N…③草…　III. 儿童文学－中篇小说－日本
－现代　IV. I313.84

中国版本图书馆 CIP 数据核字（2005）第 148704 号

责任编辑：兰文娟　　装帧设计：小　璐
责任校对：蒋强富　　责任监印：刘　签

出版人：李元君
出版发行：接力出版社
社址：广西南宁市园湖南路 9 号　　邮编：530022
电话：0771－5863339（发行部）　5866644（总编室）
传真：0771－5863291（发行部）　5850435（办公室）
E-mail: jielipub@public. nn. gx. cn

经销：新华书店

印制：北京市鑫丰华彩印有限公司
开本：880 毫米×1250 毫米　　1/32
印张：7.5　字数：150 千字
版次：2006 年 2 月第 1 版　印次：2006 年 2 月第 1 次印刷
印数：00 001—10 000 册
定价：15.00 元